Nancy Drew
Detective

Titre original
Nancy Drew Girl Detective
 # 2 A Race Against Time

ISBN : 2 7470 1806 7
Dépôt légal : avril 2006
Loi n° 49 956 du 16 juillet 1949
sur les publications destinées à la jeunesse.

Carolyn Keene

Seule face au danger

Traduit de l'anglais (USA)
par Anna Buresi

BAYARD JEUNESSE

1. Abandonnée dans le ruisseau

Je m'appelle Nancy Drew et, quand je joue, c'est pour gagner ! Attention, ça ne signifie pas que je suis prête à écraser tout le monde pour avoir le dessus ! Lorsque je m'implique, je vais jusqu'au bout, c'est tout.

Enfin, les choses ne sont pas toujours aussi simples... Il arrive qu'une règle l'emporte sur une autre. Comme le week-end dernier, pendant le rallye cycliste caritatif de River Heights, *Coureurs de fonds*.

Je suis détective amateur et, dans ce domaine, ma règle de conduite, c'est : « L'affaire passe avant tout, Nancy ! » Alors, j'avais beau être le sprinter de notre équipe et être censée nous faire franchir en tête la ligne d'arrivée, je…

Ça y est, je brûle les étapes ! C'est toujours comme ça : je m'emballe… Bon, je reviens en arrière et je reprends à partir du début – au moment où les problèmes ont commencé !

J'habite River Heights, une petite cité du Middle West sur la Muskoka River. À première vue, on dirait un de ces patelins endormis où, en été, les habitants paressent sur leurs vérandas en sirotant de la limonade et en caressant leurs chiens. Mais, en fait, c'est un endroit animé, et on y rencontre un tas de gens intéressants.

Tous les ans, *Coureurs de fonds* récolte beaucoup d'argent pour *Le cœur sur la main*, une association d'entraide pour ceux qui ont du mal à joindre les deux bouts. En ville, chacun y contribue d'une façon ou d'une autre. C'est même devenu une manifestation importante, étalée sur deux jours.

Cette année, mes coéquipiers étaient Bess Marvin, George Fayne – mes meilleures amies – et mon copain, Ned Nickerson.

Le soir précédant la course, nous avions rencontré les cinq formations concurrentes au CarboCram, le palais des congrès du centre-ville.

Je portais mon pull porte-bonheur. À l'origine, il était bleu azur, une de mes couleurs préférées. C'est Bess qui m'a aidée à le choisir, il y a des années. Selon elle, il va bien avec mes yeux bleus et avec mes cheveux, qui ont cette couleur particulière que les gens appellent « blond vénitien ». Contrairement à Bess, je n'accorde pas une grande importance à ce genre de choses, même si je n'ai rien contre la mode. En réalité, j'aime ce pull parce que sa laine est douce, et que je me sens bien dedans ! Et puis, surtout, c'est mon fétiche : je l'ai mis avant plusieurs compétitions auxquelles j'ai participé, et il m'a chaque fois porté chance. Alors, pour respecter cette tradition – ou par superstition… –, je l'arborais ce soir-là au CarboCram.

On nous avait invités à déguster un bon plat de pâtes, des légumes et des fruits. Mais nous étions aussi venus nous procurer la documentation sur la compétition, remettre aux organisateurs la liste des promesses de dons et l'argent déjà récolté … et jauger la concurrence !

Les équipes avaient demandé à leurs amis, leurs parents, leurs voisins, et aux autres habitants de River Heights, de miser sur leurs performances dans la course. Les supporters avaient mis la main à leur porte-monnaie ; de plus, ils promettaient de verser une certaine somme pour chaque kilomètre franchi par l'équipe qu'ils avaient choisie ; et ils ajouteraient un bonus si elle se classait première, deuxième ou troisième. *Le cœur sur la main* recevrait l'ensemble des gains ainsi réunis.

Bess, George et moi, on s'attabla pour manger nos spaghettis. Quant à Ned, il était en retard...

– On aura des centaines de dollars de plus que l'année dernière ! annonça Bess en nous montrant le contenu de son enveloppe.

Elle n'a aucun mal à récolter de l'argent ! Blonde aux yeux bleus, elle a des cheveux ondulés, des cils ultra longs, des dents magnifiques et un nez parfait. Bref, elle possède le genre de beauté qui d'habitude provoque la jalousie... Sauf que Bess est si sympa et si naturelle que tout le monde l'adore. Ceux qui ne la trouvent pas géniale ne la connaissent tout simplement pas encore !

– Les gens ont été très généreux, observa George. Cette année, *Coureurs de fonds* devrait battre son record !

George s'appelle en réalité... Georgia, mais elle préfère son surnom. Elle et Bess sont cousines. On ne le devinerait jamais, à les voir ! Elles n'ont rien en commun – leur amitié avec moi mise à part, bien sûr. George est brune, avec des yeux et des cheveux foncés, et elle est beaucoup plus grande et plus mince que Bess. La championne sportive, c'est elle. Bess se situe plutôt dans la catégorie des supporters. C'est pourquoi George allait être notre leader dans le rallye cycliste. Quant à Bess, elle était chargée de la logistique et conduirait le camion d'accompagnement.

– Où est Ned ? me demanda George en consultant sa montre. Il traînasse encore à la fac, je parie.

– Il avait une séance de TP spéciale. Il m'a promis de venir à l'heure, alors il finira bien par se pointer. Ce n'est pas lui qui bouderait un plat de spaghettis !

– Tu en es sûre ? fit George, dubitative. Ça peut paraître dingue, mais je crois qu'il préfère la lecture à la bouffe ! Quand il est plongé dans un bouquin, c'est comme s'il était dans un autre monde. Il oublie tout !

George avait raison sur ce point ; et, en réalité, j'étais un peu agacée par le retard de Ned. Je lui avais rappelé à *deux* reprises de nous rejoindre au CarboCram. À mon avis, c'était important que notre équipe se réunisse la veille du rallye, et qu'on passe une dernière fois en revue notre stratégie de course.

– Au fait, je vous ai dit que toute ma famille vient assister au départ, demain matin ? lança

Bess. Ton père sera là, Nancy ? Il pourra revenir à temps ?

– Pour le départ, non, répondis-je. Il ne rentrera en ville que le soir. Mais il sera présent à l'arrivée.

De l'avis général, mon père, Carson Drew, est le meilleur avocat de River Heights. Ma mère est morte quand j'avais trois ans, et ça n'a pas été facile à vivre. Mais papa a toujours été là pour moi, je peux compter sur lui en toutes circonstances. En ce moment, un procès important le retenait dans la capitale de notre État, où il séjournait depuis une semaine. Il m'avait juré de revenir me voir franchir la ligne d'arrivée, et il tient toujours ses promesses.

George enroula un bon paquet de spaghettis autour de sa fourchette et demanda :

– C'est OK pour le chargement du camion, Bess ?

– Rien ne manque, lui assura sa cousine en sauçant son assiette. Équipement de camping, nourriture pour quatre, matériel d'entretien et de réparation pour les vélos… Y a pas de souci ! J'ai même ajouté ta bicyclette de rechange, George. Plus des shorts et des maillots en rab aux couleurs de notre équipe. On ne sait jamais.

– Je suis super excitée par le GPS, continua

George, qui examinait nos feuilles de route. J'adore ce système de repérage... Vous avez lu ce qu'ils expliquent ? Les organisateurs de la course l'ont verrouillé : comme ça, on ne peut ni masquer ni intervertir les infos pendant la course ; on ne peut pas les modifier non plus. Un copain m'a montré un système identique, et je n'ai pas réussi à le pirater ; c'est dire ! Enfin, jusqu'ici, en tout cas...

George est le petit génie scientifique de notre bande. C'est une mordue d'informatique et un as pour se procurer des infos sur le Web. En plus, elle est hyper douée pour bidouiller du matériel électronique et mettre au point des astuces utiles.

– Le GPS garantit que tout le monde respectera les règles du jeu, c'est ça ? s'enquit Bess.

– Exact, dis-je. Chaque équipe est tenue de réaliser le même parcours. Les concurrents doivent faire la pause, manger et installer leur campement pour la nuit au même moment. Le GPS empêche la triche.

– Quand on parle du loup..., marmonna George. Une tricheuse à tribord, une !

Presque en même temps, quelqu'un lança :

– Tiens, tiens ! Ça ne serait pas la célèbre Nancy Drew ?

Inutile de lever les yeux pour identifier celle

qui m'apostrophait ainsi, sa voix ne m'était que trop familière ! Je la connaissais depuis le cours préparatoire.

– Salut, Deirdre, lâchai-je. J'ai vu que tu participais au rallye. Qui est dans ton équipe ?

– Evan et Thad Jensen. Et c'est Malcolm Price qui conduit notre camion.

« Typique ! » pensai-je. C'était bien le genre de Deirdre Shannon, de s'entourer exclusivement de garçons… Quant à ses partenaires, je ne les connaissais pas vraiment.

Deirdre nous passa en revue d'un regard circulaire. Ni George, ni Bess, ni moi ne l'intéressions, en réalité. En effet, elle reprit :

– Ned n'est pas avec vous ? Ne me dites pas qu'il vous a fait faux bond ! Il avait cours cet après-midi, j'imagine. Il est peut-être retenu à la fac.

Difficile de trouver Deirdre sympa, elle prend un malin plaisir à se montrer odieuse ! Elle a une beauté saisissante, avec ses cheveux noirs, ses yeux verts et sa peau laiteuse – un peu dans le genre de… Cruella de Vil, des *Cent un dalmatiens*. Mais elle est complètement égocentrique. Elle se prend pour le pivot de la création – et elle s'imagine que tout le monde est du même avis !

J'ignorai sa pique au sujet de Ned. Elle a

toujours eu un faible pour lui, ce n'est un secret pour personne. Pourtant, je ne la considère pas comme une rivale. Elle n'est pas à la hauteur ! Comme le déclare volontiers papa, « les Drew ne se laisseront jamais avoir par les Shannon » !

Le père de Deirdre est, comme le mien, un avocat en vue. Or, quand il affronte Carson Drew au tribunal, il est généralement battu ! Et j'ai la ferme intention de soutenir notre réputation familiale...

– Ned n'a aucun problème, déclarai-je. Mais c'est sympa de demander de ses nouvelles.

Là-dessus, je décochai à Deirdre un sourire tout miel tout sucre. J'adore la déstabiliser. Et le meilleur moyen d'y parvenir est d'adopter l'attitude inverse de celle qu'elle attend. Un sourire de ma part, il n'y a rien de tel pour la surprendre !

– Papa m'a acheté un nouveau vélo de course hyper performant, dit-elle.

Quand elle change de sujet, c'est que j'ai mis dans le mille !

– Ah ? fis-je sans cesser de sourire.

– Il est génial. C'est un modèle italien, réalisé dans le même alliage que les avions de combat. Châssis sur mesure, quarante-cinq vitesses, cale-pédale, selle au silicone, plaques de chaîne, rayons en titane. Il vaut plus de cinq mille dollars.

George se leva en lâchant :

– Il doit être superbe, *DeeDee*. Bon ! Salut et à plus ! On t'attendra sur la ligne d'arrivée, c'est promis !

Sur cette pique, elle retourna vers la file d'attente de distribution des plats. Deirdre avait rougi lorsque George l'avait appelée DeeDee, son surnom du temps où nous étions ensemble à l'école primaire. Comme George s'éloignait, elle lança en représailles :

– Sans blague ? On verra bien qui arrivera la première, *Georgia*.

Sa réplique manquait d'esprit. Pourtant, j'étais sûre que George était agacée : elle déteste qu'on l'appelle par son vrai prénom.

En quête d'une nouvelle proie, Deirdre se tourna vers Bess :

– Tu ne cours pas, toi, je parie. Tu dois conduire le cam…

Fuiouioui… Frr…Gzziii… Le crépitement soudain et irritant du micro coupa net les propos venimeux de Deirdre.

– Mesdames et messieurs… jeunes filles, jeunes gens… veuillez vous asseoir, s'il vous plaît !

Ralph Holman, un des organisateurs du

rallye, venait de prendre la parole, debout sur la vaste estrade montée dans l'angle de la salle. Deirdre s'éclipsa, gagnant la table de devant, où son équipe était installée.

– Ça fait plaisir de vous voir tous réunis ! continua M. Holman. Le temps nous a promis de se mettre au beau pour la compétition. Alors, amusons-nous et battons quelques records par la même occasion ! Comme vous le savez, ce rallye est sponsorisé par la Mahoney Foundation et profite à l'association *Le cœur sur la main*. Son Grand Prix est offert par Mme Cornelius Mahoney !

Des acclamations nourries éclatèrent, et nous nous levâmes tous par respect pour Mme Mahoney. Cornélius, son défunt mari, était l'unique descendant d'Ethan Mahoney, un des premiers qui s'étaient établis dans notre région, au XIXe siècle. Ayant découvert un énorme gisement de minerai de fer sur son terrain, Ethan fonda la Mahoney Anvil Corporation. Un vrai trait de génie ! Ce fut le début des fameuses forges de River Heights et de la fortune des Mahoney. Aujourd'hui, plus d'un siècle après, Mme Mahoney contrôle la Mahoney Foundation, qui pèse des milliards de dollars.

Les applaudissements cessèrent, et on se rassit à l'instant même où George revenait à table en apportant une assiette débordant de nourriture. Elle regarda autour d'elle et chuchota :

– Ned n'est pas arrivé ? Tu devrais l'appeler, non ?

C'était à croire qu'elle lisait dans mon esprit ! J'avais déjà saisi mon mobile, et j'appuyai sur la touche de numérotation rapide pour joindre Ned. Ce n'était plus l'agacement qui m'y poussait. J'étais inquiète : si Ned est parfois distrait, il n'aurait *jamais* manqué sans une bonne raison un rendez-vous aussi important. Pas sans me prévenir, en tout cas…

Plusieurs sonneries retentirent, et je fus mise en relation avec sa boîte vocale. Je parlai à voix basse dans le micro : « Salut, Ned. On se régale en t'attendant. Tu nous manques. Appelle-moi sur mon mobile, OK ? »

Puis je programmai le portable en mode vibreur, et je tins mon appareil serré au creux de ma paume tandis que Mme Mahoney prenait la parole.

– Bonsoir à tous ! dit-elle dans le micro d'une voix empreinte de fierté.

Elle est toujours bien coiffée et, même lorsqu'elle est simplement vêtue d'un pantalon et d'un blazer, comme ce soir-là, elle a l'air de sortir tout droit d'un défilé de mode.

– Merci de participer à la course cycliste de ce week-end, qui s'annonce excitante ! continua-t-elle. Votre dévouement pour cette belle cause me va droit au cœur, et il aurait fait très plaisir à mon cher et tendre époux.

L'amour est aveugle, dit-on... Mme Mahoney manque de lucidité en ce qui concerne son mari. Selon ceux qui l'ont connu – mon père en fait partie –, Cornelius n'avait rien de « tendre » ! Il était, au contraire, plutôt méchant, et on le soupçonnait d'avoir commis des escroqueries et des fraudes boursières. Pourtant sa veuve vante sa générosité. Comme les gens attachent plus d'importance à leur affection pour elle qu'à leur antipathie pour Cornelius, ils la laissent à ses illusions...

Je ne l'écoutais pas avec attention, ce soir-là : je guettais le déclenchement du vibreur de mon mobile, obstinément silencieux. J'avais un mauvais pressentiment au sujet de Ned !

Mme Mahoney désigna d'un geste ample le piédestal situé à côté d'elle, où reposait une grande sculpture dorée représentant une enclume.

– Rappelez-vous, dit-elle, que ceci n'est pas le seul but de la compétition ! C'est un grand honneur de remporter l'Enclume. Le véritable privilège, pourtant, est de venir en aide à ceux qui ont moins de chance que nous. Je vous remercie tout particulièrement de participer à ce rallye pour soutenir nos amis dans le besoin !

Au moment où les applaudissements éclataient, je perçus enfin les pulsations du vibreur. D'un signe, j'indiquai à Bess et à George que je quittais la table, et je me réfugiai dans le hall pour prendre la communication.

– Salut, Ned, dis-je, le cœur battant la chamade. Je suis drôlement contente que tu aies téléphoné !

– Salut, Nancy. James Nickerson au bout du fil, énonça la voix grave du père de Ned.

J'avais été si sûre que c'était Ned qui cherchait à me joindre ! Je me demandai où il pouvait être. Des tas de questions se bousculaient dans mon esprit ; j'étais si préoccupée que je n'écoutai pas vraiment M. Nickerson.

– Pardon, fis-je. Vous disiez ?

– Je sais que vous êtes occupés, alors je ne te retiendrai pas, répéta James Nickerson. Pourrais-je parler à Ned ? Son mobile ne répond pas.

– Ned n'est pas avec moi. Je viens de lui laisser un message. Il est encore à la fac, je pense.

– Non, il n'est pas là-bas. C'est pour ça que

je t'appelle, précisa M. Nickerson non sans irritation. Je viens d'avoir le professeur Herman, et il m'a appris que Ned était parti à la fin du cours, il y a deux heures. Écoute, Nancy, demande-lui de me téléphoner dès qu'il arrivera, OK ?

– Entendu !

La conversation terminée, je rentrai au CarboCram. J'étais à mi-chemin de notre table quand Bess vint à ma rencontre.

– Charlie Adams est ici, me chuchota-elle. Il veut te parler. Alors, comment va Ned ? Qu'est-ce qu'il fiche ? Il arrive bientôt ?

– Je n'en ai pas la moindre idée, répondis-je. Je lui fis rapidement part de ma conversation avec M. Nickerson. Je venais de terminer lorsque Charlie et George nous rejoignirent.

À mes yeux, Charlie est une sorte de héros. Il conduit la dépanneuse du meilleur garage de notre ville. Quand je le vois, c'est en général pour le remercier d'avoir sorti ma voiture d'un fossé, d'apporter un pneu de rechange pour remplacer celui qui vient de crever parce que je n'en ai pas dans mon coffre, ou de réussir à faire repartir ma batterie à plat.

– Salut, Charlie, lançai-je. Que puis-je pour toi ?

– Salut, Nancy. Tu as l'air en forme.

J'espère que ton équipe va gagner !

– Merci, Charlie. Bon, qu'est-ce qu'il y a ? Ma voiture a un problème à mon insu ? plaisantai-je.

– Pas du tout ! Ni celle de Ned. J'ai tout arrangé, elle attend qu'il vienne la chercher.

– Pardon ? fis-je, interloquée.

– Quelque chose cloche dans la voiture de Ned ? glissa Bess d'un air intéressé.

– Non, plus rien ! Quelques coups de marteau après un petit remorquage, et la voilà comme neuve. Ned ne s'est enfoncé qu'à moitié dans ce fichu ruisseau, mais l'avant a heurté un gros rocher. Cela dit, je n'ai pas eu de mal à remettre la carrosserie en état.

– Quel ruisseau ? Quel rocher ? demandai-je. Si tu reprenais par le commencement, Charlie ?

Parfois, il me rend chèvre ! Discuter avec lui ou résoudre un rébus, c'est tout comme ! J'ai tout le temps l'impression qu'il faut appuyer sur la touche « marche arrière » pour faire défiler le film à l'envers.

Il finit par comprendre :

– Ah, vous n'êtes pas au courant ! Bon, alors voilà : je pars faire un dépannage aux environs et, en revenant vers River Heights, qu'est-ce que j'aperçois ? L'arrière de la bagnole de Ned émergeant d'un trou d'eau de trente centimètres.

– Où ça ? soufflai-je.

– Tu vois le gros sycomore qui se trouve dans Shady Road ? Il y a un petit cours d'eau tout près. Eh bien, c'était là, dans ce fichu ruisseau, juste avant le tournant. Oh, ce n'était pas une affaire, hein ! J'ai repêché la voiture de Ned, je l'ai remorquée jusqu'au garage et je l'ai retapée.

– Et Ned ? Où est-il ?

– Alors, là, j'en sais rien ! lâcha Charlie. Je n'ai trouvé que la bagnole, moi ! Elle était vide quand je suis tombé dessus. Abandonnée, quoi.

2. Où est Ned ?

– Abandonnée ? m'exclamai-je. Ned n'était pas avec sa voiture ?

– Ned n'aurait jamais laissé sa bagnole en plan ! intervint George.

– Il y a peut-être été obligé..., raisonna Bess. Nancy n'a pas réussi à le joindre sur son mobile. Bon, imaginons que la batterie était à plat et qu'il ne pouvait pas téléphoner pour demander de l'aide. Il est parti à pied vers la ville et... et puis... Il serait déjà là, maintenant, non ? Où est-il passé ?

Elle venait de formuler l'interrogation qui ne cessait de me lanciner : Ned, où es-tu ?

– Quand as-tu trouvé la voiture, Charlie ? demandai-je.

– Il y a quelques heures. J'avais eu un appel d'urgence, mais sur ce coup-là il n'a pas fallu remorquer. J'ai réparé sur place. Charlie-le-mécano-de-génie, c'est mon nom !

– Et tu es le meilleur ! lui assurai-je avec un sourire. Bon, as-tu vu quoi que ce soit, près de la voiture, qui pourrait donner une indication sur la direction que Ned a prise ? Des empreintes de pas, un truc qu'il aurait laissé tomber... ?

– Pour être franc, Nancy, je n'ai rien cherché de tel. Comme Bess, j'ai supposé que Ned était parti à pied, que je le verrais en ville et que je n'avais qu'à embarquer la voiture. Mais, jusqu'ici, il ne s'est pas pointé au garage.

– Tu as ouvert le capot ? Tu as repéré quelque chose qui aurait pu lui faire quitter la route ? Un problème de freins... ou de pneus... ?

– J'ai bien examiné la voiture, Nancy, elle n'avait rien d'anormal. Freins en bon état, pneus impeccables... Pareil pour les amortisseurs et tout le reste... Il n'y avait même pas de traces de freinage sur la route. Rien n'indiquait qu'il avait perdu le contrôle de la voiture. Quand j'y repense, ça ne donnait pas l'impression qu'il avait été amené à faire une embardée. C'est comme s'il avait *voulu* flanquer sa voiture dans le ruisseau !

– Bon, très bien, merci, Charlie, dis-je en tentant lui adresser un sourire reconnaissant.

J'avais du mal. Je finis pas renoncer. Je me détournai pour dissimuler mon inquiétude et essayai de me concentrer, et de réfléchir. Ce n'est pas évident de garder son sang-froid en apprenant que son petit ami a versé dans un fossé !

– Je vais au garage, annonçai-je à George et à Bess. Je veux jeter un coup d'œil sur la voiture de Ned. Restez ici et notez toutes les infos nécessaires sur le rallye. Je vous rejoindrai quand j'aurai terminé.

Je demandai à Charlie s'il acceptait que je l'accompagne et je suivis sa dépanneuse jusqu'au garage avec ma propre voiture.

Charlie avait fait du bon travail. La voiture de Ned avait même meilleur aspect que d'habitude. Elle n'avait pas du tout l'air d'avoir été impliquée dans un accident !

D'abord, j'examinai les roues, pour voir si les bandes de roulement des pneus ne présentaient aucune anomalie. Je ne trouvai qu'un ou deux cailloux et des brindilles – le genre de choses qui s'y incrustent quand on roule.

Pendant que Charlie répondait à un coup de fil dans son bureau, je fouinai dans le coffre. Puis je m'installai au volant et entrepris une inspection en règle.

Là, j'eus une ou deux surprises. Pour commencer, je trouvai le téléphone portable de Ned dans la boîte à gants. Ça ne lui ressemble vraiment pas d'oublier son mobile quelque part ! En général, il le met dans une poche de son pantalon ou l'accroche à sa ceinture.

Je le flanquai dans mon sac à dos, puis passai à l'arrière. La deuxième surprise, c'était le bric-à-brac invraisemblable qui encombrait le siège. Ned aurait pu organiser un vide-grenier avec !

À l'aide du parapluie que je tirai de cet amas, je sondai les espaces peu accessibles situés sous les sièges avant. Bien entendu, je ramenai un tas de bricoles : des cartes de visite et de vœux, un disque compact, pas mal de pièces de monnaie et de feuilles d'arbre, un ou deux stylos, un petit médaillon en laiton, une carte routière informatique, une clé en croix et un cintre en plastique cassé. Tout ça en un seul « balayage » avec le parapluie !

Je plaçai ce butin sur le siège pour le passer en revue. La présence des cartes n'avait rien d'étonnant. Pareil pour les pièces de monnaie, les stylos, la clé pour les boulons de pneus…

Quant au CD, c'est moi qui l'avais offert à Ned pour son anniversaire.

En fait, un seul objet m'intriguait : le médaillon en laiton. Je ne l'avais jamais vu ! Je l'enveloppai dans un mouchoir en papier, que je glissai dans ma poche. Ensuite, je dis au revoir à Charlie et retournai vers le palais des congrès.

Une fois sur le parking, je sortis le mobile de Ned et écoutai ses messages – nécessité oblige ! Il n'en avait reçu que trois : deux de son père et le mien.

Lorsque je rentrai dans le palais des congrès, George et Bess m'attendaient dans le hall.

– Tu arrives pile poil ! s'exclama Bess. On vient de quitter la salle.

– Ned n'est toujours pas là, enchaîna George. Tu as déniché quelque chose dans sa voiture ?

– Peut-être. Attendez-moi une minute ! Je veux savoir s'il a tenté de joindre les gens de CarboCram.

Je m'adressai à une responsable, qui questionna plusieurs collègues. Ned n'avait ni téléphoné ni laissé un message à qui que ce fût !

– Je suis bredouille, lâchai-je en rejoignant mes amies. Il n'a pas appelé ici.

– Dis-nous ce que tu as découvert dans sa voiture, me pria George.

– Son mobile, pour commencer. C'est vraiment bizarre. D'autant qu'il est en état de marche !

– Donc, ma théorie ne tenait pas la route, observa Bess. Pourquoi l'a-t-il laissé dans sa boîte à gants ?

– Il ne l'a pas oublié, j'en suis sûre ! affirmai-je. Et puis, j'ai aussi trouvé ça.

Je sortis le médaillon en laiton et le leur montrai. Il était de forme ovale et percé d'un trou à une extrémité. Deux dessins étaient gravés dans le métal, semblables à des hameçons ; l'un était orienté à droite, l'autre à gauche.

– C'est une sorte de symbole, non ? suggéra George.

– Oui, d'astrologie, approuva Bess.

– Tu as raison ! m'exclamai-je. Des signes jumeaux. C'est le symbole des Gémeaux !

Bess continua :

– Ça pourrait être un bijou. Tu passes un ruban ou une cordelette par le trou, et tu obtiens un pendentif.

– À moins que ce ne soit un élément de porte-clefs, supposa George.

– Les jumeaux..., redis-je, sans réussir à mettre le doigt sur ce qui me titillait inconsciemment.

Tout à coup, je me sentis prise d'impatience. J'avais besoin de passer à l'action !

– Je veux retrouver Ned ! dis-je à George et à Bess en traversant le hall pour gagner la sortie. Rendons-nous à l'endroit où Charlie a trouvé sa voiture.

Mes amies m'emboîtèrent le pas. Après avoir gagné le parking en vitesse, on s'entassa dans ma voiture. Un profond silence y régna pendant qu'on roulait vers Shady Road. Après avoir franchi une quinzaine de kilomètres, je me garai sous le grand sycomore, près du tournant.

Cet arbre est célèbre dans notre État. Chaque fois qu'on réalise un reportage sur les plus grands arbres du pays, ou les plus beaux, on cite toujours ce vieux sycomore argenté. Il a un tronc énorme, et ses branches maîtresses font près d'un mètre de diamètre. Elles saillent à l'horizontale avant de s'incurver vers le ciel. Trois ou quatre hommes pourraient s'y asseoir côte à côte sans même les faire vibrer.

– C'est ici ! s'écria George en descendant de voiture et en partant comme une flèche. Voilà le sycomore ! Et l'endroit où Ned a dérapé !

De grandes pulsations sourdes me martelaient les tempes. Saisissant mon sac à dos, je m'élançai à la suite de George, aussitôt imitée par Bess.

D'impressionnantes marques de pneus s'étiraient en travers de la route, continuaient à travers l'herbe des champs, puis s'arrêtaient dans une touffe de fléoles des prés, au bord du fossé plein d'eau. Une des traînées, beaucoup plus large que l'autre, indiquait un véhicule muni de doubles-pneus. J'en déduisis que c'était la dépanneuse de Charlie qui l'avait produite.

– Vous croyez qu'il y a des serpents, par ici ? lâcha Bess en scrutant l'herbe.

Elle avait parlé si bas que j'avais à peine entendu. J'allais répondre, mais George me devança :

– S'il y en avait, ils ont déjà fui, vu le boucan qu'on fait !

La pusillanimité de Bess semblait l'avoir agacée. Elles sont vraiment très proches ; mais, parfois, une simple divergence d'opinions déclenche les hostilités entre elles et met le feu aux poudres. Je n'aime pas du tout me retrouver dans les parages avec elles lorsqu'elles se disputent…

Je m'arrêtai là où la voiture de Ned avait échoué, où toutes les plantes sauvages avaient été plaquées au sol par les pneus. J'examinai la zone à la lueur du soleil déclinant. Il y avait encore assez de lumière pour distinguer des traces de pas dans la terre boueuse proche du ruisseau. Elles étaient nombreuses, et on repérait le dessin de trois types de semelle différents.

Je m'approchai des séries d'empreintes. Elles s'enfonçaient dans la terre en formant un dessin net ; puis elles se muaient en taches de boue sur l'herbe et finissaient par remonter sur la route. Un seul sillon boueux se prolongeait sur l'asphalte en direction de River Heights.

– Qu'est-ce que tu fais ? me demanda Bess.

– J'examine ces empreintes. Elles ont l'air fraîches, comme si quelqu'un venait de les laisser.

– Charlie n'a mentionné aucune marque de pas ! me rappela George.

– Il a dit qu'il n'avait pas cherché à en repérer, nuance ! rectifiai-je. Il se concentrait probablement sur son travail. Alors, laisse-moi me concentrer sur le mien !

Je suivis une des traces : de l'emplacement de la portière du conducteur jusqu'au bord de l'eau, puis en sens inverse, en direction de la route. Cette série d'empreintes s'arrêtait dans la boue, à quelques mètres de l'endroit où la voiture de Ned s'était envasée.

Je la désignai à mes amies en commentant :

– Ce doit être Charlie qui les a faites.

Regardez. Ici, il s'est arrêté à la portière pour s'assurer que Ned n'était pas coincé à l'intérieur et vérifier si les clefs étaient sur le tableau de bord. Et puis il a marché vers l'avant du véhicule, sans doute pour estimer la profondeur de l'eau.

Tout en raisonnant ainsi, je suivais le parcours du marcheur. Je continuai :

– Là, il a fait volte-face vers l'arrière de la voiture de Ned pour accrocher la remorque.

George me signala des marques de pneus en observant :

– Celles-ci ressemblent à celles de la dépanneuse.

– Exact, approuvai-je. À ce moment-là, Charlie est remonté dans son camion pour tirer la voiture du ruisseau.

– Et ces autres traces, là ? fit Bess.

– Eh bien, tu remarqueras qu'il y a deux traînées différentes et qu'elles partent de la portière du conducteur. Ce qui nous fait trois séries d'empreintes en tout : celles de Ned, évidemment ; celles de Charlie ; quant à la dernière, j'aimerais bien savoir à qui elle appartient !

Je sentis l'inquiétude me tourmenter : « Qui a pu venir ici ? Et où est passé Ned ? Lui a-t-on fait du mal ? »

Nous suivîmes ces traces sur toute leur longueur.

– Elles remontent jusqu'à la route. Après, plus rien, constata Bess.

– La personne qui les a laissées a dû monter à cet endroit-là dans un autre véhicule.

– Tu as une drôle d'expression, Nancy, lâcha George.

– Je m'interroge, lui dis-je. Ned n'était pas où il était censé être, cet après-midi, et il n'a téléphoné à personne pour expliquer son absence. Ça ne lui ressemble pas ! Sa voiture était abandonnée ici, avec son mobile à l'intérieur. Peut-être qu'il est quelque part par là, *lui aussi*…

Je regardai autour de moi. La lumière gris pâle du crépuscule enveloppait maintenant la campagne.

– Ned ! hurlai-je. Ned, es-tu là ?

3. Coup monté ?

– Ned ! criai-je encore.

Pas de réponse.

– Ned ? Es-tu par là ?

Ma voix était enrouée, et je m'aperçus que je tremblais. Je ne suis pas du genre à m'effrayer pour un rien, et je garde mon sang-froid quand il s'agit de secourir les gens. Mais, quand un proche a des ennuis, ce n'est pas pareil ! Il est beaucoup plus difficile de ne pas céder à l'émotion.

Je pris une profonde inspiration et m'éclaircis la gorge. Puis j'appelai une dernière fois, d'une voix forte et nette :

– Ned !

De nouveau, je survolai du regard les environs : personne en vue. Aucune maison ni endroit où se réfugier. De toute évidence, Ned n'était pas dans les parages.

– Allons-nous-en, dis-je en me hâtant vers ma voiture. On rentre.

Comme tout à l'heure, mes amies demeurèrent silencieuses pendant que j'engageais la voiture dans Shady Road. Chacune de nous était perdue dans ses pensées. Je crois que Bess et George étaient aussi soucieuses que moi.

Nous n'échangeâmes pas un mot tandis que je roulais vers River Heights sans croiser un seul véhicule. Les dernières lueurs du crépuscule s'éteignirent, et le ciel vira au gris sombre. Je plissais les paupières, scrutant les côtés de la route et le paysage qui défilait derrière les vitres.

Soudain, je vis luire quelque chose devant nous. Je cillai plusieurs fois, n'osant en croire mes yeux. Pourtant, plus j'approchais, plus la lumière que j'avais repérée gagnait en intensité. Enfin, je laissai échapper un cri de joie :

– Le voilà ! C'est lui ! J'en suis sûre !

Je distinguais les feux arrière de la bicyclette que Ned menait le long de la route. Je l'avais reconnu de loin parce qu'il portait son coupe-vent rouge, orné dans le dos d'un éclair fluorescent de couleur argentée.

J'appuyai sur l'avertisseur, et il se retourna. En apercevant ma voiture, il leva un bras et eut l'un de ses magnifiques sourires. Je pilai, puis bondis hors de la voiture, imitée par George et Bess.

– Je suis toujours ravi de te voir, me dit Ned en couchant sa bicyclette sur l'accotement herbeux. Mais, là, c'est encore plus génial que d'habitude ! J'ai une très mauvaise nouvelle : quelqu'un a piqué ma bagnole. Je la gare toujours sous...

– Ta voiture n'a pas été volée, l'interrompis-je. Elle est chez Charlie.

– Chez Charlie ? Qu'est-ce qu'elle fiche là-bas ?

– Il l'a remorquée hors de l'eau, expliqua Bess.

– De l'eau ? Hé, minute ! C'est quoi, cette histoire ? Racontez-moi tout depuis le début ! s'exclama-t-il.

Je le mis au courant des derniers événements.

– Ma voiture était *dans* le ruisseau ? lâcha-t-il d'un air sidéré. Mince, je suis drôlement content que Charlie soit passé par là !

– Et moi, qu'il nous ait alertées ! dit Bess. C'est ce qui a poussé Nancy à aller sur place. Et c'est grâce à ça qu'on t'a trouvé.

– Je venais d'avoir ton père au téléphone, appris-je à Ned. Le professeur Herman lui avait déclaré que tu avais quitté la fac depuis des heures. Alors, j'étais très inquiète !

Ned me serra dans ses bras, et ce fut vraiment super.

Puis il se pencha en avant, les mains sur les genoux. Ensuite, il s'étira, creusant le dos et renversant la tête en arrière. Je repérai alors une grande déchirure sur la jambe de son pantalon à poches, ouvert du genou à la cheville. Quand Ned bougeait, elle laissait entrevoir une écorchure d'aspect peu engageant, qui parcourait toute la longueur de son mollet.

– Où étais-tu pendant tout ce temps ? lui demanda George.

– J'ai marché.

– Hein ? Ne me dis pas que tu es venu à pied depuis la fac ! lança Bess.

Ned saisit sa bicyclette pour la hisser sur le toit de ma voiture et l'arrimer à la galerie, tout en lâchant :

– Eh si !

– Que s'est-il passé ? insistai-je.

Je ne voulais pas lui mettre la pression, mais j'étais très curieuse de savoir comment sa voiture avait atterri dans ce ruisseau !

Alors que nous montions en voiture – Bess

et George à l'arrière, Ned à côté de moi –, il commença :

– Quand je me rends en cours, j'en profite pour m'entraîner à vélo.

Bess lui passa une bouteille d'eau, et il se désaltéra à grandes gorgées. Entre-temps, j'avais démarré et repris le chemin de River Heights, encore distante de quelques kilomètres.

– Avant d'arriver à la fac, continua Ned, je gare ma voiture dans l'herbe, sous le grand sycomore, et je termine le trajet à bicyclette. Il reste dix kilomètres.

– C'est ce que tu as fait cet après-midi ? s'enquit George.

– Oui. Une fois sur le campus, j'ai rangé ma bécane sur le parking en face de la salle de cours et je l'ai attachée avec mon antivol à un endroit où je peux la surveiller de la fenêtre. Tout à l'heure, en sortant de TD, je suis remonté à vélo pour rejoindre ma voiture. Je n'avais pas fait la moitié du chemin que je me suis pris une gamelle.

Ned montra l'égratignure sur sa jambe.

– Tu as heurté une pierre ? demanda Bess.

– Pas du tout. Ma chaîne a claqué, je suis tombé à la renverse et j'ai dérapé en me recevant sur ma jambe. C'est elle qui a tout pris. J'aurais bien aimé avoir ton savoir-faire pour bricoler cette chaîne, Bess ! Enfin, bref, le plus rageant dans cette histoire, c'est que j'avais laissé mon mobile dans la boîte à gants. Du coup, je me retrouvais coincé dans un lieu isolé sans pouvoir alerter les secours.

– Alors, tu as décidé de continuer à pied, dis-je.

– Oui, jusqu'à l'endroit où je croyais trouver ma voiture, à l'abri sous le sycomore.

– Sauf que Charlie l'avait déjà remorquée en ville, glissai-je.

– Alors, tu as continué à marcher, enchaîna Bess. Bravo, Ned ! Un vrai exploit !

– Heureusement, mon ange gardien s'est précipité à mon secours, acheva Ned en me pressant l'épaule.

Bess lança :

– Je parie que tu n'oublieras plus ton mobile dans la boîte à gants !

– Et que tu ne te gareras pas dans une pente sans mettre le frein à main ! enchérit George.

– Mais je l'ai mis ! protesta Ned en se tournant vers elle. C'est bien ce qui me chiffonne. Je ne me gare *jamais* à cet endroit sans le serrer !

Il plissa le front, rassemblant ses souvenirs. Puis il finit par hocher la tête d'un air décidé :

– Je suis *sûr* de l'avoir fait cet après-midi.

J'enregistrai l'information, l'ajoutant à toutes

celles qu'il avait livrées dans son récit. « Que s'est-il passé exactement ? me demandais-je. Quels sont les dessous de cette étrange histoire ? »

– En tout cas, tu as réalisé une sacrée équipée ! commenta George. Et, en plus, tu traînais ta bicyclette avec toi !

– J'ai pris le raccourci par Fern Meadow, dit Ned.

– C'est pour ça qu'on ne t'a pas croisé en arrivant ! lançai-je.

Soudain, quelque chose me revint en mémoire. Glissant ma main dans ma poche, j'en tirai le mystérieux médaillon en laiton frappé au signe des Gémeaux et le lui tendis :

– C'est à toi ?

– Non. Pourquoi ?

– Je l'ai trouvé sous le siège de ta voiture. Je me doutais bien qu'il ne t'appartenait pas ! Est-ce que tu l'as déjà vu ?

– Non, soutint-il encore en secouant la tête.

Il plissa les paupières comme pour réfléchir. Puis il fit de nouveau un signe de dénégation et déclara :

– Non, vraiment, ça ne me dit rien. C'est peut-être une médaille... Je ne comprends pas ce qu'elle fichait sous mon siège !

– Puisque tu es sûr d'avoir mis le frein à main, elle appartient peut-être à celui qui l'a *desserré*. Celui qui voulait que ta bagnole dévale dans le ruisseau, suggérai-je.

George me fixa :

– Tu penses que ce n'était pas accidentel ?

– J'en fais l'hypothèse, oui.

– Deirdre..., murmura George.

Puis elle lança à haute voix :

– Et la course, Ned ? Tu te sens d'attaque pour y participer ?

– Bien sûr ! Une douche prolongée, un bon repas, une nuit de sommeil, et je serai comme neuf ! affirma-t-il gaiement.

– C'est moi qui accomplis la première étape demain matin, lui rappela George. Alors, tu pourras te reposer encore un peu dans le camion.

– Génial ! Exactement ce qu'il me faut.

– Tu es certain que tu seras en forme ? insistai-je. La course, c'est bien joli, mais, à mes yeux, elle ne sera jamais plus importante que toi !

– Je te promets que je serai tout à fait remis.

– Si on allait aux urgences pour faire examiner ta jambe ? Cette écorchure n'est pas très belle à voir.

– Ce n'est pas nécessaire, Nancy.

– Soit. Tu ferais bien de rassurer ton père, ajoutai-je en lui tendant son mobile.

Pendant que Ned parlait avec M. Nickerson, je passai en revue le fil des événements tel qu'il découlait de son récit. Qui avait cherché à écarter Ned de la réunion ? Et pourquoi ? Cela avait-il un rapport avec son engagement dans le rallye ? Ou bien était-ce une vengeance personnelle ?

– Je n'ai rien dit à mon père pour ne pas gâcher sa soirée, nous apprit Ned après avoir mis fin à la conversation. Mes parents reçoivent des invités de dernière minute : un couple d'anciens collègues de papa, venus de Washington. J'attendrai qu'ils soient partis pour tout leur raconter.

– D'ici là, j'aurai peut-être compris ce qui s'est *réellement* passé ! lui lançai-je alors que nous entrions dans River Heights.

Et je lui demandai carrément, sans tourner autour du pot :

– Ned, quelqu'un a-t-il une raison de te vouloir du mal ? Tu t'es fait des ennemis, ces derniers temps ?

– Pas du tout ! Je n'en ai aucun !

– Bon, j'en prends note. J'essaierai de raisonner à partir de ce qu'on a.

Je roulai vers la maison de Ned pour le déposer chez lui : il avait besoin de manger et de désinfecter la plaie de sa jambe. Et puis, je le connaissais bien : il n'y avait rien de tel qu'une bonne douche pour le requinquer !

Quand nous arrivâmes devant sa villa, Bess lui dit de laisser son vélo sur la galerie :

– Je réparerai ta chaîne ce soir et je le remettrai en état pour la course.

J'embrassai Ned en déclarant :

– Vu que je suis ton capitaine, je t'ordonne une bonne nuit de repos ! Bess passera te prendre demain.

– Salut, l'équipe ! nous lança Ned avant de rentrer chez lui.

Alors que je manœuvrais pour quitter l'allée d'accès, Bess lâcha :

– Maintenant qu'on est entre nous, parle franchement, Nancy ! Que s'est-il passé au juste, selon toi ? Qui a voulu nuire à Ned ? Et pourquoi ?

– Je n'en sais rien ! Ned affirme qu'il n'a pas d'ennemis, et je le crois.

– Es-tu sûre qu'il te le dirait, s'il en avait ? objecta George. Imagine qu'il ait affaire à un voyou dangereux… Il te le cacherait pour te protéger, non ? Il voudrait éviter que tu t'en mêles.

George touchait un point sensible. Ned n'est pas du genre à mentir, mais il est capable de tricher avec la vérité pour me préserver… Il lui était déjà arrivé de faire passer ma sécurité avant la résolution d'un mystère ! Pourtant, là, je le croyais. J'étais convaincue de sa franchise, et je secouai la tête.

George s'obstina :

– Et Deirdre ? Elle ne se gênerait pas pour nous porter un coup bas, rien que pour nous perturber la veille de la course !

– Je t'ai entendue murmurer son nom, tout à l'heure, dis-je. J'ai réfléchi, et je ne la raie pas de la liste des suspects... Pas encore, en tout cas.

Je déposai George chez elle, puis ce fut au tour de Bess. Elles habitent à quelques pâtés de maisons l'une de l'autre, à proximité de Vernon Avenue.

J'aidai Bess à descendre le vélo de Ned du toit. Il était aisé de repérer l'endroit où les maillons de la chaîne avaient cédé, et tout aussi facile de constater qu'on les avait partiellement limés pour provoquer la rupture !

Enfin, j'arrivai chez moi. Hannah Gruen, notre gouvernante, avait déjà éteint les lumières pour la nuit. À la mort de ma mère, papa avait engagé Hannah pour faire le ménage, cuisiner et veiller sur moi. Mais son rôle va bien au-delà ! C'est un membre à part entière de notre petite famille.

Je fis une toilette rapide avant de me mettre au lit. La journée avait été rude, et il me fallut un bon moment pour recouvrer un peu de calme. Deux questions lancinantes m'agitaient : « Qu'est-il *véritablement* arrivé à Ned ? » Et : « Mon équipe est-elle prête pour le rallye ? »

4. Départ chahuté

Samedi matin, le temps se montra conforme aux prédictions de la météo locale : ensoleillé sans être caniculaire ; sec, mais avec une agréable brise… Bref, magnifique ! Je téléphonai à Ned sitôt réveillée, et fus soulagée d'apprendre qu'il se sentait en pleine forme et prêt à participer au rallye.

Je pris une douche, puis j'enfilai ma tenue de course. Bess avait choisi pour nous des shorts cyclistes d'un violet vif et des maillots assortis, zébrés de rayures vertes. Toutes les équipes ne se donnaient pas la peine de soigner leur look. Mais, avec Bess, on ne pouvait pas y couper !

Je glissai dans mon sac de sport un écran solaire, du baume pour les lèvres, un canif, une mini-torche, une barrette à cheveux, mon mobile, des barres énergétiques, un répulsif contre les moustiques, et autres choses utiles. Mon instinct me souffla d'y ajouter le médaillon à l'insigne des Gémeaux trouvé dans la voiture de Ned – ce que je fis. Ensuite, je descendis à la cuisine.

Je trouvai un mot d'Hannah sur le réfrigérateur : elle était déjà partie en ville, car elle s'était portée volontaire pour aider à la cuisine et servir les repas des organisateurs et sponsors de la course. L'odeur alléchante de son pain maison à la banane flottait dans la pièce ; en effet, une miche m'attendait sur le plan de travail.

Je ne devais pas entrer dans la course avant trois heures de l'après-midi ; pourtant, j'étais déjà à cran. Je me détendis en avalant un en-cas protéiné à la pêche et un morceau du délicieux pain d'Hannah.

Bess passa me prendre, au volant du camion d'escorte qu'elle avait loué pour les deux jours de rallye. George et Ned étaient déjà à bord.

– Remue-toi ! me cria Bess. On va manquer les préparatifs du départ !

Je me hâtai de grimper sur le siège arrière, et

elle démarra, prenant aussitôt de la vitesse.

– Alors, c'est l'excitation générale ? nous lança George. Moi, j'ai hâte d'entrer en compétition, je vous le dis ! On va laisser loin derrière nous Deirdre et son équipe !

– Je suis prêt à la battre, dit Ned.

– Moi aussi, déclarai-je.

Un instant plus tard, nous nous garions en ville, sur le parking proche de la banque de River Heights. La ligne de départ du rallye était située au croisement de Main Street et de Highland Boulevard, à côté de la banque, à l'un des carrefours les plus animés. Toutes les rues avoisinantes avaient été barrées en vue de la course. Sur les trottoirs, on avait érigé des gradins provisoires pour les supporters et édifié une petite estrade près du point de départ.

Des étendards rouge et or ondoyaient au faîte des feux de circulation, et les commerçants avaient placardé sur leurs vitrines des affiches vantant leurs équipes favorites. Dans le petit square situé en face de la banque, l'orchestre du lycée jouait pour soutenir les coureurs, et sa musique entraînante résonnait dans l'air.

Ned, George, Bess et moi descendîmes nos vélos du camion, puis nous fîmes quelques exercices d'échauffement. Comme je déteste courir dans une tenue flambant neuve, j'avais déjà étrenné mon maillot dans la semaine, pendant un entraînement de vingt kilomètres. Je m'y sentais donc très à l'aise, ce matin-là.

– Gare ! La voilà qui débarque ! chuchota Bess pour nous avertir.

Nous levâmes les yeux : Deirdre traversait le parking, suivie de deux garçons.

– Tiens, ils ont aussi une tenue d'équipe ! observa Ned. Maillots noirs à rayures bleues.

– Des couleurs de mauvais augure ! railla George. Je suis sûre que DeeDee va se crasher avec son super vélo, exactement comme elle en avait l'habitude avec l'ancien !

– Les concurrents sont priés de se rassembler par ici ! lança une voix tonnante, qui se répercuta à travers le parking.

C'était Ralph Holman, qui venait de parler dans un porte-voix.

– Laissez vos vélos et approchez-vous tous ! insista-t-il, debout sur l'estrade.

Près de lui trônait un impressionnant coffre-fort à l'ancienne, en fonte noire, avec des enjolivures en cuivre brillant et des motifs de feuillages. Un homme en uniforme gris montait la garde près du coffre.

Les cyclistes, leurs sponsors et les spectateurs venus assister au départ de la course jouèrent des coudes pour avoir une meilleure vue. J'examinai les concurrents rassemblés autour de moi, curieuse de savoir à qui nous aurions affaire dans la compétition. Je les connaissais pour la plupart ; mais il y en avait quelques-uns que je voyais pour la première fois.

Deux équipiers de Deirdre se tenaient à côté d'elle, le troisième avait dû s'éloigner. J'identifiai Malcolm, le conducteur de leur camion d'accompagnement, qui m'était familier depuis le lycée. Il était très grand, avec de longs cheveux bruns noués en catogan sur la nuque. Quant à son compagnon, je ne l'avais jamais rencontré : ce devait être un des frères Jensen. Il avait des cheveux très blonds, presque platine.

À la lisière de la foule, quelques personnes en tenue de course retinrent mon attention. Un homme, surtout, ne semblait pas à sa place ; adossé à un arbre, il tenait un vélo avec de larges pneus noueux, des freins cantilever sur un guidon droit et trois plateaux. J'en conclus qu'il ignorait la topographie du parcours : il avait un VTT, alors qu'il fallait une routière !

La voix de M. Holman m'amena à me concentrer de nouveau sur l'estrade :

– Comme vous le savez sans doute, les sommes collectées pour cette édition de

Coureurs de fonds ont déjà pulvérisé le record ! Et nous aimerions vous montrer le but de vos efforts !

M. Holman fit pivoter la poignée fixée sur la porte de l'antique coffre-fort tandis que la foule retenait son souffle. La porte s'entrebâilla avec un déclic. D'un geste volontairement théâtral, M. Holman acheva de l'ouvrir toute grande. Une vague d'émotion parcourut les spectateurs. Il y avait là des piles et des piles de liasses – une *énorme* quantité de billets !

– Tout l'argent que vous voyez là, continua M. Holman, est destiné à l'association *Le cœur sur la main*. Et le plus beau, c'est que chacun de vous a suscité ces dons ! ajouta-t-il en désignant les coureurs d'un ample geste circulaire. Félicitations pour ce que vous avez déjà fait pour cette belle cause ! Et pour tout ce que vous allez encore accomplir !

Ses paroles me firent vraiment plaisir. On se donna l'accolade, Ned, George, Bess et moi, et on poussa une acclamation en levant les bras en l'air.

Je pris la tête de notre petit groupe, et nous nous mîmes à circuler parmi les badauds, souhaitant bonne chance aux cinq équipes concurrentes. Les cyclistes n'étaient pas toujours regroupés autour de leur capitaine ;

alors, nous ne pouvions pas saluer chacun de nos adversaires.

Deirdre et ses coéquipiers vinrent nous voir.

– Tu t'appelles Malcolm Price, n'est-ce pas ? lançai-je au conducteur de leur camion. Salut ! Je suis Nancy Drew.

– Je me souviens de toi, on se voyait au lycée, me dit Malcolm.

Il désigna son voisin.

– Lui, c'est Thad Jensen.

– Vous avez sûrement entendu parler des frères Jensen ! intervint Deirdre. Ce sont de vrais professionnels. Ils ont gagné un tas de courses. Pour eux, ce rallye n'est qu'une simple formalité !

Là-dessus, elle tourna les talons, nous plantant là. Malcolm et Thad nous décochèrent un sourire, puis firent volte-face pour escorter leur « idole ».

– Vous croyez qu'elle a réussi à enrôler des champions dans la course ? demanda Bess. Je veux dire, de vrais pros qui pourraient nous donner du fil à retordre ?

– Et alors ? fit George. On peut leur tenir tête ! On peut damer le pion à n'importe qui !

Elle entoura de son bras les épaules de Bess d'un geste rassurant et ajouta :

– Occupe-toi du camion, on se charge du reste !

– Est-ce que vous avez remarqué le type en short rouge, à l'arrière de la foule? m'enquis-je. Celui qui avait un VTT. Il était adossé à un arbre, près de la banque.

– Oui, je l'ai vu, dit Ned. Quelqu'un devrait lui expliquer que c'est une épreuve classique ! Il aura un handicap par rapport aux routières, plus rapides ! Il n'y a pratiquement pas de parcours de cross sur notre circuit.

– Je me demande si toute son équipe a des VTT, fit George.

Je regardai vers l'endroit où j'avais repéré ce drôle de coureur. Si son vélo était encore à la même place, lui-même, en revanche, se dirigeait vers l'estrade. M. Holman en était descendu pour se mêler à la foule et bavardait avec des supporters.

Quelque chose me dérangeait chez ce concurrent. Il détonnait dans cette manifestation au bénéfice d'un organisme de charité ! Et puis, il semblait faire cavalier seul : où étaient les autres membres de son équipe ?

Je le suivis des yeux pendant quelques instants alors qu'il arpentait le périmètre de l'estrade. M. Holman s'était enfoncé encore un peu plus dans la foule et saluait des connaissances. L'agent chargé de la sécurité se tenait toujours à son poste ; mais, à demi détourné, il n’avait pas remarqué la présence de l’homme en short rouge.

Tandis que j’observais la scène, Short-Rouge sauta sur le podium et s’approcha du coffre. Il s’accroupit devant la porte ouverte, comme s’il avait voulu examiner de près le tas d’argent.

Je m’avançai vers l’estrade pour mieux suivre son manège. Au moment où j’y arrivais, le vigile, souriant, refoula Short-Rouge. L’intrus sauta à terre, me heurtant au passage, avant de s’éloigner en hâte.

– Reculez, vous aussi, mademoiselle, entendis-je alors que je le regardais partir. C’est bientôt le départ.

Me retournant, je réalisai que le vigile s’adressait à moi.

– Euh, oui, bien sûr… monsieur, euh… *Rainey*, dis-je, déchiffrant son badge. C’est un sacré travail, de veiller sur tant d’argent liquide !

M. Rainey acquiesça en souriant avec chaleur. M. Holman, qui venait de le rejoindre, me salua :

– Bonjour ! Tu es la fille de Carson Drew, je crois. Nancy, c’est bien ça ?

– C’est ça.

– Je vois que tu fais partie des concurrents, continua M. Holman en refermant d’un coup sec la porte du coffre-fort. Tu ferais bien d’aller te mettre en place. Et bonne chance !

Tout en l'écoutant, je ne lâchais pas des yeux Short-Rouge.

Quand il eut disparu de mon champ de vision, je me tournai vers la ligne de départ. Le spectacle que je découvris me rappela à la réalité : presque tous les concurrents étaient déjà sur leurs vélos ! Je vérifiai l'heure. Distraite par le mystérieux personnage, j'avais manqué l'appel : la course allait commencer dans une dizaine de minutes !

Lorsque je pivotai de nouveau vers l'estrade, le vigile Rainey et M. Hofman faisaient rouler le coffre sur un grand chariot.

– Où est George ? murmurai-je, parcourant du regard la rangée des concurrents.

Elle n'était pas au départ ! D'ailleurs, aucun membre de mon équipe n'était à proximité immédiate de la ligne ! Bientôt, le starter lèverait son pistolet.

Balayant les lieux du regard, je repérai mon équipe sur le parking : George, Ned et Bess, affairés, déchargeaient du camion chambres à air et démonte-pneus.

– C'est un coup de Deirdre, j'en suis sûre ! grommela George en me voyant accourir. Tous nos pneus sont à plat !

5. Sous le signe des Gémeaux

– Regonfle le pneu arrière, George ! ordonna Bess. Vite !

– Les *deux* pneus de George sont à plat ? demandai-je en actionnant ma pompe avec énergie.

– Oui, dit Ned. Et ceux de nos vélos aussi. Malheur !

– Arrête de parler et pompe, le coupa Bess. On s'occupera du reste plus tard.

– Evan Jensen n'a pas assisté à la présentation du coffre-fort, Nancy, m'apprit George. C'est sans doute lui qui a dégonflé nos pneus. Deirdre est derrière tout ça, c'est clair ! Il faut qu'on réagisse !

– Nous ne sommes pas sûrs de l'implication de Deirdre, observai-je. Nous n'avons que des soupçons, pas de preuves. Je pense comme toi que son équipe essaie de nous avoir. Deirdre nous cherche toujours des crosses ! Pour le moment, tout ce qu'on peut faire, c'est rester sur nos gardes. Va savoir ce qu'elle a pu mijoter pour la suite ! *Toi*, en revanche, tu dois te concentrer entièrement sur la course !

George était folle de rage et, en un certain sens, c'était loin d'être négatif ! Une bonne dose de colère contre l'équipe de Deirdre la rendrait encore plus acharnée à la compétition. Mais je ne tenais pas à ce qu'elle soit furieuse au point de se laisser distraire de notre véritable but : gagner l'argent qu'on avait parié sur nous pour *Le cœur sur la main*.

Ned intervint :

– Là, tu vas entrer en course, George. Occupe-toi de ça, ne disperse pas ton énergie à préparer une vengeance contre Deirdre !

– Exactement ! approuvai-je. De toute façon, elle finira par commettre une erreur, comme d'habitude. Et, à ce moment-là, on la piégera. Sois vigilante, c'est tout.

Avec Bess comme chef-mécanicien, on ne pouvait pas rester longtemps en rade ! Six minutes plus tard, on était redevenus opérationnels. Ned et moi l'aidâmes à remonter les sacoches à l'arrière du vélo de George, et nous gagnâmes la ligne de départ.

– On récapitule une dernière fois, suggérai-je pendant qu'on patientait. C'est un rallye d'étapes. Aujourd'hui, on court chacun à notre tour, et il y a encore une étape à deux relais demain. George, tu roules de dix heures à midi. On t'escortera dans le camion. Si tu as besoin de quoi que ce soit, tu nous appelles.

Je m'assurai qu'elle avait bien logé son mobile dans la boîte en plastique fixée derrière sa selle.

George alluma l'écran de contrôle de son vélo – identique à ceux qu'elle avait montés sur chacun de nos guidons. Aussitôt, une carte du parcours apparut sur l'écran numérique.

– Tu es géniale, George ! s'écria Ned avec un large sourire.

– Bon, je crois que tout est en ordre, fit-elle.

– De toute façon, on est prêts à t'épauler, au cas où, lui rappela Bess.

– Bon, intervins-je. À midi pile, on te fera signe d'arrêter, George. N'oublie pas qu'on a un GPS à bord et qu'on doit être hyper précis sur le minutage. Nous aurons une heure pour déjeuner.

– Notre pique-nique est prêt, et il est super

bon, déclara Bess. Tout est dans le camion.

Je poursuivis :

– Ned, tu prendras le premier relais, de treize heures à quinze heures. Ensuite, c'est moi qui courrai, de quinze à dix-sept. On s'arrêtera pour la nuit à dix-sept heures précises. J'essaierai de battre tous les records au sprint pour qu'on puisse choisir notre campement avant les autres ! ajoutai-je en souriant jusqu'aux oreilles. Et n'oubliez pas : le plus dur, c'est aujourd'hui. Demain, on roulera seulement pendant une heure chacun, et la course se terminera vers midi.

Je consultai la carte du parcours : il nous entraînerait à travers le réseau routier de River Heights même et de ses environs, jusqu'aux abords de quelques localités avoisinantes.

– Si on établissait notre camp à Swain Lake ? suggérai-je.

– Excellente idée, approuva Ned. On ne devrait pas avoir de mal à arriver jusque-là.

– Bon, c'est décidé ! fis-je. George, je sais que tu nous donneras l'avantage. À toi de jouer, maintenant !

Nous scandâmes un ban pour l'encourager, puis elle prit place à côté des cinq autres coureurs sur la ligne de départ.

– Tu as remarqué ? Deirdre a choisi Thad

pour commencer la course, me dit Bess alors que je retournais au camion avec elle et Ned.

– Je n'ai toujours pas vu son frère, observai-je. À croire que c'est l'homme invisible !

– Le camion de leur équipe est prêt à démarrer, alors il doit se trouver dedans, dit Ned. Je me demande qui va prendre le relais de Thad.

– Deirdre n'est pas une sprinteuse comme moi, soulignai-je. Elle a sûrement choisi de s'opposer à toi, Ned. Evan prendra le deuxième relais pour terminer au sprint. Et ils adopteront sans doute le même ordre d'entrée en lice, demain.

– Tu es capable de battre Evan, Nancy, glissa Bess. Tu es la meilleure ! Bon, allons-y, montons dans le camion. De la cabine, on pourra assister au début des hostilités !

Le pistolet du starter claqua, et les six concurrents jaillirent de la ligne de départ. Thad Jensen devança les autres en pédalant comme un dératé. Les six camions démarrèrent à leur tour, suivant les coureurs à petite allure.

Le temps était idéal : vingt degrés, un ciel bleu parsemé de petits nuages blancs et cotonneux, un air sec.

La majeure partie du parcours avait été interdite à la circulation ; alors, nous n'avions pas à nous inquiéter du trafic routier. Tandis que Bess atteignait la vitesse de croisière, je me carrai sur mon siège. Notre camion était assez large pour qu'on tienne tous les trois à l'avant. Ned avait passé son bras autour de mes épaules.

– Tu t'es rappelé un détail révélateur au sujet de ta mésaventure ? lui demandai-je. Il ne t'est pas revenu d'avoir vu un rôdeur près de ton vélo sur le parking de la fac, par exemple ?

– J'attendais cette question ! Hier, en me couchant, j'ai repassé dans ma tête le fil des événements : je n'ai conservé aucun souvenir de ce genre. En revanche, je suis sûr d'avoir serré le frein à main.

– J'ai examiné la chaîne de ton vélo avec Bess : quelqu'un a partiellement scié un maillon, lui dis-je. Si on y ajoute la dégringolade mystérieuse de ta voiture dans le ruisseau... ça ne forme pas un tableau très rassurant.

– Encore moins si on y ajoute le sabotage de nos pneus ce matin ! enchérit Bess.

J'approuvai :

– Exact ! On a intérêt à rester sur le qui-vive, dans cette course !

Nous nous demandâmes une fois de plus qui avait pu mettre nos pneus hors d'usage. Nous n'avions remarqué aucun comportement suspect...

– Je parie que George a raison ! C'est Evan Jensen qui a fait le coup ! conclut Bess. Le sabotage, c'est typique de Deirdre. En plus, dans le laps de temps où ça s'est passé, Evan manquait à l'appel, contrairement aux autres coureurs de leur équipe.

J'étais d'accord avec elle, mais je ne dis rien de plus. Nous pouvions nous perdre en conjectures à l'infini ; pour ce que ça changeait... Sans preuves à l'appui, nos soupçons ne convaincraient personne !

George réalisa un parcours impérial, comme d'habitude. À onze heures et demie, elle et Thad Jensen étaient au coude-à-coude. Ils se relayèrent en tête, prenant tour à tour l'avantage. Dans les dernières minutes, George parvint pourtant à le distancer. Au moment où les concurrents s'arrêtèrent pour déjeuner, mon équipe avait près de cinquante kilomètres d'avance au chronométrage !

Nous sautâmes du camion pour courir féliciter George. Elle était allongée sur une petite pente herbeuse, près d'une zone boisée. Son vélo était renversé près d'elle, et les roues tournaient encore légèrement.

– Génial ! Tu as réussi ! hurla Bess, folle de joie. On mène !

George se redressa sur un coude et

acquiesça. Elle semblait en forme, mais contente de faire une pause. Un instant plus tard, pendant qu'elle contrôlait l'état de son vélo et que Ned faisait quelques étirements, j'aidai Bess à disposer notre pique-nique. Elle avait concocté un repas idéal pour une course : salade de pâtes, sandwiches végétariens, barres énergétiques au muesli.

Le camion de Deirdre était garé sur la route, à une cinquantaine de mètres, et nous pouvions voir les quatre membres de l'équipe installés sous un grand arbre. Leurs tenues bleu et noir se détachaient sur leur couverture blanche.

Tout en mangeant, nous discutâmes de notre stratégie

– Thad t'a donné du fil à retordre, dit Ned à George, mais tu as su le semer quand il le fallait.

– Il est meilleur qu'il n'en a l'air, déclara-t-elle. Quant au relais, tu auras sûrement affaire à Deirdre, Ned. Tu peux lui tenir tête sans problème ! Un conseil : ne la laisse pas trop souvent en tête du peloton. Elle a beau connaître les règles du jeu, elle n'est pas du genre à les respecter. Elle n'aura jamais la courtoisie élémentaire de te laisser mener de temps à autre. C'est une teigneuse ! Alors, fais attention !

– Merci pour ce conseil ! dit Ned en lui

tendant un sandwich. J'essaierai de conserver la super avance que tu nous as donnée.

Il acheva rapidement son repas et poussa son vélo sur la route pour faire quelques sprints d'entraînement.

– J'aimerais bien avoir des infos sur Evan, le cycliste fantôme, dis-je à George et à Bess en mordant dans mon sandwich.

Soudain, je vis Deirdre et un de ses équipiers se diriger vers nous. Comme j'avais le soleil dans les yeux, au début je ne distinguai pas très bien qui l'accompagnait. Deirdre marchait devant, évidemment ! Et Thad était juste derrière elle.

– Salut, Deirdre ! fis-je. Dis donc, Thad, tu as offert une belle séance d'entraînement à George !

– Je ne suis pas Thad, me répondit le garçon auquel je m'étais adressée.

– C'est Evan, précisa Deirdre, son jumeau.

– Ah, vous êtes jumeaux ? Tu es aussi bon que ton frère ?

Tout en entamant ainsi la conversation, j'activais mes neurones à toute vitesse. J'entendis à peine la réponse d'Evan, car je me rappelais le médaillon trouvé dans la voiture de Ned. Déjà, je mitonnais ma question suivante…

Dès qu'Evan eut cessé de parler, je me lançai :

– J'ai une copine très ferrée en astrologie. Elle prétend qu'il y a plus de jumeaux nés sous le signe des Gémeaux que sous n'importe quel autre signe. C'est votre cas ?

– Ça colle avec nous, oui ! fit Thad Jensen, qui rejoignait à l'instant ses coéquipiers et m'avait entendue. On est Gémeaux.

Deirdre se hâta de ramener la conversation sur son sujet favori : elle-même.

– J'ai obtenu une tonne de promesses de dons ! se rengorgea-t-elle. Mon équipe a l'intention de gagner ce rallye sur toute la ligne. Non seulement on pulvérisera le record de l'épreuve, mais c'est nous qui rapporterons le plus d'argent !

– M. Holman dit que les gens ont parié encore plus que les autres années, observa Bess.

George se leva pour toiser Deirdre :

– À elle toute seule, Bess a rap…

– Oh, je suis sûre que vous vous êtes bien débrouillés, la coupa Deirdre. Mais personne n'a de supporter plus généreux que mon père ! Il a promis d'ajouter mille dollars à la somme totale si nous l'emportons.

– Et nous gagnerons ! décréta Malcolm, le conducteur de leur camion, en nous rejoignant. Je serai obligé de passer la cinquième pour suivre Deirdre ! Quand elle franchira la ligne d'arrivée pour nous donner la victoire, vous serez encore à la traîne à la lisière de la ville !

– Ah, tu es le sprinter de ton équipe, Deirdre ? lança George, ironique, en se rasseyant tranquillement dans l'herbe. Stupéfiant.

– Oui, je suis le sprinter ! J'ai travaillé avec un entraîneur professionnel pendant six mois. Il y aura de la vraie compétition au finish, cette fois, Nancy !

Comme d'habitude, Deirdre tourna les talons sans attendre de réponse. J'eus toutes les peines du monde à ne pas éclater de rire, à l'instar de George et de Bess. Nous faisions de sacrées grimaces pour nous retenir ! Bess finit par pouffer dans sa serviette, déchaînant l'hilarité générale.

– Deirdre au sprint ! s'exclama George en se relevant pour faire les cent pas. Elle est bien bonne, celle-là !

– Je me fiche que les frères Jensen soient des champions, dit Bess. Ils ne nous battront pas, de toute façon !

– En parlant des Jensen, enchaînai-je, vous n'avez pas trouvé intéressant qu'ils soient jumeaux ?

– Intéressant ? s'étonna Bess. En quoi ? Hé, minute… c'est vrai ça, ils sont jumeaux !

– Et alors ? demanda George en s'immobilisant.

– Des *Gémeaux* ! lui lança Bess, accentuant le mot.

Mais George ne réagissait toujours pas. Je lui rappelai :

– Le médaillon dans la voiture de Ned !

Là, elle comprit et s'enflamma aussitôt :

– Génial ! Enfin une preuve !

– Si nous arrivons à relier un des frères Jensen à ce médaillon, oui, ça pourrait prouver qu'il s'est introduit dans la voiture de Ned, approuvai-je. Mais nous devons donner la priorité à la course ; concentrons-nous là-dessus, pour le moment. Le mieux, pour montrer à Deirdre et à son équipe ce qu'on pense de leurs tentatives de sabotage...

– C'est de les rétamer à l'arrivée ! acheva Bess.

Avalant ce qui restait à grignoter, George ajouta :

– M. Shannon n'a pas pris un grand risque en promettant son millier de dollars. Eh bien, il n'aura pas à les sortir !

Il nous restait treize minutes, pas une de plus, pour débarrasser et reprendre la compétition. Nous ne devions pas perdre une seconde du temps officiellement imparti pour la course.

Lorsque nous eûmes aidé Ned à vérifier l'état de son vélo, il se posta au bord de la route. Tout en finissant de ranger nos affaires dans le camion, nous observâmes Evan Jensen, derrière nous. Il se mettait en position, lui aussi.

Enfin, nous montâmes à bord du camion. George s'allongea sur le siège arrière pour faire une petite sieste, tandis que Bess prenait le volant et que je m'installais près d'elle.

– Allons-y ! lançai-je. Devançons le camion de Deirdre.

– C'est comme si c'était fait ! dit Bess en mettant le contact.

Il y eut un petit déclic, et puis c'est tout. Elle recommença. Toujours rien.

– Hé, qu'est-ce qui se passe ? grommela George d'une voix ensommeillée. Démarre, quoi !

Après une troisième tentative pour faire partir le moteur, Bess retira la clef de contact et se recula sur son siège en soupirant :

– Inutile de s'obstiner, il ne démarrera pas.

6. Le secret de Charlie

– Qu'est-ce qui cloche, Bess ? demandai-je. C'est grave ?

– Plutôt ! répondit-elle en ouvrant sa portière et en sautant du camion.

Elle courut à l'avant et souleva le capot. Je me dépêchai de la rejoindre, suivie de George, et me penchai moi aussi pour regarder, même si j'étais bien en peine d'établir un diagnostic. Notre mécanicien, c'était Bess !

– Je m'en doutais, dit-elle. La tête de delco a disparu.

Dès qu'il s'agit de voiture – ou de n'importe quel engin, d'ailleurs –, Bess est sidérante. En la voyant, on la croit incapable de faire la différence entre une tête de delco et une tête d'ail. En réalité, c'est un as de la mécanique. Si elle décrète que la tête de delco manque, on peut la croire sur parole !

– Ce n'est pas le genre de truc que tu as sous la main, j'imagine, dis-je en sortant aussitôt mon mobile pour appeler à la rescousse Charlie Adams.

Les gens rigolent lorsqu'ils apprennent que j'ai programmé une touche d'appel rapide pour Charlie. Mais, dans la pratique, ça s'est toujours avéré une excellente idée. Aujourd'hui, elle était carrément géniale !

Je ne tardai pas à annoncer à mes amies :

– On a de la veine, Charlie était au garage. Il arrive.

Je consultai ma montre et continuai :

– Bon, il est treize heures moins trente secondes. Le compte à rebours va commencer. Ne dites rien à Ned, pour le camion.

– Il devrait quand même être au courant de ce qui se passe, non ? fit Bess.

– Pour l'instant, ce n'est pas nécessaire. C'est même contre-indiqué quand il s'apprête à prendre le départ ! Il doit se concentrer, il faut qu'il devance Evan Jensen. Je ne veux pas qu'il pense à autre chose.

– De toute façon, si la tête de delco a disparu, il n'y peut rien.

– Oui, approuvai-je. Si Charlie nous rejoint vite, on pourra partir sans trop tarder, et Ned ne s'apercevra même pas qu'on a eu un problème. Si on reste scotchées ici, on lui téléphonera pour l'avertir.

Nous courûmes jusqu'au bord de la route. Ned avait enfourché son vélo et maintenait son équilibre en prenant appui sur son pied gauche.

– Dix-neuf... dix-huit... dix-sept..., égrenai-je d'une voix forte tout en regardant la trotteuse de ma montre.

Alors qu'il se penchait sur son guidon, je fus traversée d'une pensée : la disparition de la tête de delco était-elle l'œuvre de Deirdre et de son équipe ? S'ils avaient pu réaliser ce tour de passe-passe à notre nez et à notre barbe, n'avaient-ils pas pu trafiquer aussi le vélo de Ned ?

La veille, on avait limé sa chaîne et flanqué sa voiture dans un fossé bourbeux... Était-ce une mauvaise blague ou un acte criminel ? Un coup tordu ou une agression délibérée ? S'ils étaient capables d'aller jusque-là, de quels autres délits pouvaient-ils se rendre coupables ?

– Dix... neuf... huit...

Je refoulai mon inquiétude. Ned venait de contrôler l'état de son engin sans négliger aucun détail. Son vélo était donc en parfait état de marche. Bess elle-même en avait jugé ainsi.

Comme s'il avait senti mon angoisse, Ned m'adressa un sourire plein d'assurance et leva le pouce en signe de victoire future.

– Trois... deux... un...

Il démarra à toute vitesse sans jeter un coup d'œil en arrière. Du bord de la route, nous poussâmes toutes les trois des vivats d'encouragement.

Derrière nous, d'autres cris retentirent. Je me retournai à temps pour voir Evan Jensen lancé à toute vitesse sur la chaussée. Poussant George et Bess dans l'herbe, je bondis à leur suite. À cinquante mètres de là, Deirdre, Malcolm et Thad s'égosillaient toujours en courant vers leur camion.

– Cet abruti ne s'est même pas déporté pour nous éviter ! s'exclama George.

Le camion de Deirdre nous dépassa dans un grondement. Dans la cabine, Deirdre, Malcolm et Thad, hilares, nous désignaient en échangeant des signes.

– Ils savent que notre camion est en panne, grommela George. Ce sont *eux* qui l'ont saboté !

– Charlie va mettre un quart d'heure pour arriver ici, observai-je. Je ne vais pas rester à me rouler les pouces en attendant. Je contrôle mon vélo.

– Bonne idée, dit George. S'ils ont bricolé

le camion, ils ont très bien pu réserver le même sort à nos bécanes. Ils les ont bien trafiquées ce matin !

Elle se renversa un instant sur l'herbe, contemplant le ciel nuageux.

– Vivement demain, marmonna-t-elle, que je fasse mordre la poussière à Thad Jensen !

Je descendis mon vélo du râtelier et l'examinai avec le plus grand soin.

– Bess, si tu appelais le QG du rallye pour les mettre au courant de la situation ? suggérai-je. Quand ils interrogeront notre GPS, ils seront étonnés de voir qu'on est restés en plan ici.

Bess composa le numéro sur son mobile, et la conversation s'établit.

– Dis-leur qu'on prendra le raccourci pour rejoindre Ned ! lançai-je.

Elle hocha la tête. En raccrochant, elle déclara :

– Tout est arrangé. J'ai expliqué à la commissaire que nous attendons Charlie et que nous rattraperons Ned dès que possible. Elle nous dispense de rappeler pour faire le point en repartant, ils constateront notre départ grâce au GPS. Ils sont d'accord pour qu'on prenne des raccourcis.

– Juste une petite question, fit George avec un sourire en biais. Qui a fauché notre tête de delco ? On l'avait quand on s'est garés ici, c'est sûr. Donc, le vol a eu lieu pendant le déjeuner. Et on n'a pas eu trente-six visiteurs, seulement Deirdre et sa bande.

– *Bande* est le mot juste ! râlai-je. Je n'ai vu qu'eux dans le secteur.

– Peut-être, mais ils sont restés près de nous tout le temps, objecta Bess.

– Pas vraiment ! soulignai-je en me remémorant le fil des événements. Deirdre est arrivée avec Evan. Malcolm et Thad n'étaient pas avec eux, à ce moment-là.

– Tu as raison ! s'exclama Bess. Je l'avais remarqué ; mais Thad les suivait de près et, comme Malcolm est leur conducteur, j'ai pensé qu'il vérifiait le camion.

– Il s'occupait du nôtre, oui ! fit George.

– Nous ne pouvons pas en être sûres, observa Bess.

George répliqua :

– Mais il y a gros à parier que c'est lui ! Il n'y avait que nos deux équipes dans le coin. Je commence à en avoir marre, de leurs tours de cochon !

Elle se remit à arpenter le terrain avec rage ; elle semblait sur le point d'exploser.

– Ils poussent le bouchon un peu loin, c'est sûr ! lui dis-je. D'ailleurs, ils ont déjà passé les limites en flanquant la voiture de Ned dans le ruisseau – je mettrais ma main au feu que ce sont eux qui ont fait ça ! Malheureusement, à moins de trouver les empreintes de Malcolm sur le capot de notre camion, on ne pourra pas établir un lien concluant entre lui et la disparition de la tête de delco.

– Oui, mais ça commence à faire beaucoup d'anomalies ! souligna Bess. Est-ce que tous ces incidents nous permettent de porter plainte contre eux ? Il s'agit d'une conduite suspecte, non ? La police pourrait au moins les interroger, Nancy !

– Cette multiplication d'accidents suspects change la donne, oui. À la fin du rallye, on va entreprendre une démarche officielle et demander une enquête. Pour le moment, il faut penser au *Cœur sur la main* !

– Marché conclu ! dirent en chœur mes amies.

Notre mission était claire ! Je me remis à ajuster mes réglages tandis que Bess contrôlait les pièces de rechange et que George guettait l'arrivée de Charlie.

Il survint dans sa dépanneuse quand j'achevais de vérifier mon vélo. Je fus plus contente que jamais de le voir ! Il nous héla à grands signes en se dirigeant vers nous et gara son véhicule sur le bas-côté.

– Salut, Nancy ! me lança-t-il avec son grand sourire chaleureux. Alors, y a du souci ?

– Je suis drôlement soulagée que tu sois venu ! Nous devons rattraper Ned. Je n'aime pas le savoir si loin de nous. Je parie que tu as apporté une tête de delco miracle qui nous donnera la victoire !

– J'en dirais peut-être pas tant, répondit-il. En tout cas, j'en ai apporté plusieurs. Il y en aura bien une qui fera l'affaire !

Il passa à l'avant du camion avec Bess. George m'aida à réinstaller mon vélo sur le râtelier et à l'attacher. Ensuite, j'allai rejoindre nos « mécanos » – et voir un peu ce que Charlie avait à raconter. George m'emboîta le pas.

Bess essayait d'adapter sur le delco une tête qui ne semblait pas convenir. Charlie en tenait deux au creux de sa main. En me voyant approcher, il baissa la tête sous le capot comme pour ignorer ma présence.

– Alors, quoi de neuf dans le rallye ? demandai-je. Toi qui es au courant de tout… il y a quelque chose que je devrais savoir ?

Il se releva à moitié, me regarda, détourna les yeux, lorgna George, et puis fixa le sol. Il était mal à l'aise, il n'y avait pas de doute !

– Euh… eh bien, oui, il y a quelque chose – mais je n'ai pas le droit de te le dire.

Bess sortit sa tête de dessous le capot, elle aussi :

– Passe-moi les autres ! Celle-là ne va pas, Charlie !

Il s'exécuta, me décocha un petit sourire penaud, puis plongea de nouveau sous le capot pour observer Bess.

– Tout le monde parle de nous, je parie ! glissa George, relançant la conversation. On mène la course !

– Mmmmm, mmm..., marmonna-t-il.

Je demandai de ma voix la plus douce :

– Voyons, Charlie, quel est ce grand secret ?

– N'insiste pas, Nancy ! Je ne peux rien te révéler. Il s'agit d'une grosse affaire, et le type qui m'a fait des confidences a exigé que je jure de me taire, déclara-t-il d'une voix étouffée, car il gardait le nez sur le moteur.

– Je ne dirai rien à personne ! Le secret qui lie un détective et son informateur est sacré, tu le sais, et je ne m'autoriserai jamais à révéler que tu m'as livré des renseignements confidentiels. D'ailleurs, je n'ai jamais trahi ta confiance. Ce n'est pas maintenant que je vais commencer !

– Et *elles* ? grommela Charlie.

Il faisait allusion à Bess et à George, comme si elles n'étaient pas présentes !

– Ce sont mes équipières ! soulignai-je. Dans le rallye ET dans mon travail de détective. J'ai confiance en elles, et elles sont tenues au secret autant que moi !

– Bon, bon, d'accord, céda-t-il. Mais attention, Nancy, c'est un gros coup. Très gros. Le type qui m'a parlé ne veut pas que ça se sache.

Pour un peu, je lui aurais tordu le cou. Ça lui aurait peut-être… délié la langue ! Il y a des jours où il est aussi dur de faire parler Charlie que de tirer le chat de sous le lit pour l'emmener chez le vétérinaire…

– Entendu, fis-je, jouant le jeu. Que se passe-t-il ?

J'étais sur des charbons ardents !

– C'est l'argent, finit-il par lâcher en hochant la tête. Les sommes collectées pour *Coureurs de fonds*.

– Quoi, l'argent ? insistai-je, même si je devinais déjà ce qu'il allait m'apprendre.

– Il a disparu. Il s'est volatilisé.

7. Changement de braquet

– Disparu ! explosa Bess au bout d'un silence tendu. Mais comment ?

– Quelqu'un l'a volé, pardi ! répliqua Charlie, qui émit un énorme soupir.

Et, tout à coup, il ouvrit les vannes :

– Quand ils ont mis l'argent dans la chambre forte de la banque, ils ont demandé aux gardes de tout recompter. En ouvrant le coffre, ils n'ont trouvé que des bouts de papier journal ! L'argent n'y était plus !

– J'ai vu ce coffre-fort, Charlie, dis-je. Un coffre à l'ancienne. M. Holman a montré à tout le monde ce qu'il contenait.

– Je sais, j'y étais.

– Il y avait un sacré paquet de fric ! observa George. Des milliers et des milliers de dollars.

– Ils ont eu tort d'exhiber une pareille fortune ! déclara Charlie. Il ne faut pas faire saliver les gens, ça les rend gourmands…

– En fait, commençai-je, j'ai repéré un type en VTT, qui…

– … avec un short rouge, c'est ça ? me coupa Bess.

– C'est ça. Est-ce que tu l'as remarqué aussi, Charlie ? Tu le connais ?

– Non, je ne l'ai pas vu. De toute façon, il ne pouvait pas concourir avec un VTT !

– Il n'a pas pris le départ, mais cela ne signifie pas qu'il n'appartient pas à une des équipes, commenta George. Pour l'instant, on l'ignore.

– En tout cas, repris-je, quand M. Holman est descendu de l'estrade après avoir ouvert le coffre, ce type est monté le voir de près. Il avait l'air drôlement intéressé par ce qu'il y avait dedans, Charlie ! Il a traîné un moment sur le podium.

– Et l'agent de sécurité n'a pas réagi ?

– M. Rainey était distrait. Quand il a finalement repéré cet homme, il lui a ordonné de descendre. J'étais sidérée qu'il ait réussi à s'approcher du coffre-fort.

– M. Holman a aperçu le manège ? Si c'est le cas, ça n'a pas dû lui plaire !

– Je n'en sais rien. Il est remonté un instant plus tard pour aider M. Rainey à faire rouler le coffre-fort hors de l'estrade. On a donné le départ du rallye tout de suite après.

– Exact, fit Charlie. Je les ai vus manœuvrer. Le coffre avait l'air drôlement lourd !

– C'est bien pour ça que les voleurs ne s'en sont pas emparés, murmurai-je, presque pour moi-même, en m'efforçant d'imaginer ce qui avait pu se produire. Ils n'ont pris que l'argent.

– Oui, mais à quel moment ? demanda Bess.

– C'est la grande question, lâcha Charlie.

– Quand j'y pense ! s'exclama Bess, qui essayait la dernière tête de delco. Tant d'argent, volatilisé !

– Donc, repris-je, réfléchissant à voix haute, tout s'est passé entre le moment où ils ont emporté le coffre-fort et celui où on l'a ouvert pour compter l'argent…

Charlie se dandina sur ses jambes, mal à l'aise, soudain inquiet d'avoir parlé. Il regarda autour de lui comme s'il avait pu y avoir des « oreilles ennemies » en pleine campagne, puis insista :

– Les flics ne veulent absolument pas que la nouvelle transpire. N'oublie pas que tu m'as promis le silence !

– Ils tentent de retrouver l'argent avant la fin du rallye, j'en suis sûre ! Ils ne veulent pas décourager les coureurs et les supporters. L'objectif de la course, c'est quand même de récolter ce fric !

– Pour *Le cœur sur la main*, je sais, soupira Charlie. Quelle honte, de voler les fonds d'une œuvre de bienfaisance !

– Comment as-tu appris cette disparition ? voulus-je savoir.

– On m'a appelé pour remorquer une voiture en panne. Une histoire de pompe à eau en surchauffe... Et il se trouve qu'elle appartenait à une personne qui bosse sur le rallye. Tiens, c'était Rainey, justement ! L'agent de sécurité. Il était dans tous ses états, d'ailleurs...

– C'est la banque qui l'a engagé ? m'enquis-je. Ou les organisateurs de la course, en recourant à une société de surveillance ?

– Je n'en ai pas la moindre idée, déclara Charlie. Mais je connais Rainey de vue.

– Ça y est, ça marche ! hurla soudain Bess, triomphante. On a notre tête de delco !

Et elle se rua vers la cabine. Je poussai un

grand soupir de soulagement en entendant le moteur ronfler.

– Eh bien, je rentre en ville, fit Charlie en remontant dans sa dépanneuse. Bonne chance, hein ! Vous êtes mon équipe fétiche !

Il démarra et nous cria par la portière tandis qu'il s'éloignait :

– N'oubliez pas, surtout : je ne vous ai *rien* dit sur la disparition de l'argent !

« Tu parles d'une discrétion ! » pensai-je avec amusement.

– Allons-y ! lança George en grimpant à l'arrière de notre camion.

– Je ne peux pas vous accompagner, déclarai-je. Nous devons modifier notre stratégie de course tout de suite.

George et Bess redescendirent aussitôt, et nous discutâmes à mesure qu'un plan se formait dans mon esprit.

– Écoutez, c'est au cours des trois dernières heures qu'on a effectué le hold-up. La police a certainement installé des barrages sur les routes qui permettent de quitter River Heights, et posté des agents le long de la rivière.

– Où veux-tu en venir ? me demanda Bess.

– Si quelqu'un avait tenté de quitter la ville avec l'argent, il aurait été pris !

– Et Charlie l'aurait su, glissa George.

– Exactement. Le ou les voleurs ont eu l'intelligence de ne pas s'enfuir en catastrophe. Ils attendent le moment opportun.

– La tombée de la nuit, par exemple ? raisonna Bess.

– C'est mon idée, oui, approuvai-je.

– Donc, l'argent est encore à River Heights, en déduisit George.

– Du coup, j'ai une chance de le retrouver et de le restituer avant la fin du rallye. Je veux me mettre en chasse !

– Hé, minute ! me lança George. Tu te retires de la course, c'est ça ?

– Il le faut ! Tu peux très bien continuer le rallye avec Ned. Moi, je rentre en ville sur notre vélo d'appoint. Je vous laisse ma bicyclette, elle est équipée du GPS.

– On t'aidera quand même dans ton enquête, course ou pas, me dit Bess.

C'était bien d'elle ! Elle était toujours prête à donner un coup de main.

– En tant que capitaine, je maintiens qu'on doit se concentrer sur la course. Elle reste notre priorité ! Selon le règlement, il peut y avoir trois coureurs par équipe. Mais la répartition des rôles est libre : chacun de nous peut choisir de conduire ou de courir !

L'air dépassée, Bess lâcha :

– Tu veux que je coure le rallye ET que je conduise le camion ?

– Oui, il suffit pour ça d'établir un roulement, expliquai-je. Tout à l'heure, tu relaieras Ned à ma place ; George ou lui seront au volant. Si je n'ai pas réintégré le rallye demain matin, on remaniera notre plan de course : il faut que le plus fort soit le dernier à courir pour remporter le sprint à l'arrivée.

– Mais c'est toi, la meilleure, Nancy ! objecta Bess. On a besoin de toi !

– J'essaierai de reprendre ma place d'ici demain matin. En attendant, tâchez de faire de votre mieux ! L'important, c'est de remplir notre contrat : assurer le versement de l'argent qu'on a parié sur nous.

– Tu es sûre de pouvoir te débrouiller seule pour l'enquête ? s'enquit George. Si tu penses que je peux t'être utile, je veux bien renoncer au rallye.

Sa proposition me toucha. : c'était un effort louable de sa part ! George fait du sport avec passion depuis qu'elle est toute petite, en vraie championne qui a la compétition dans le sang. Cependant, ce sacrifice ne me semblait pas nécessaire, et je lui fis signe que non en souriant.

– Et Ned ? fit Bess. Il vaudrait mieux qu'on

l'avertisse de nos changements de plan, non ?

– On peut attendre le relais, à quinze heures, suggéra George.

Je décidai :

– Non, je vais lui téléphoner tout de suite. Ça m'ennuie de briser sa concentration, mais s'il te voit te présenter à ma place sans être prévenu, Bess, ce sera pire. Il s'imaginera qu'il m'est arrivé quelque chose de grave.

– Tu as raison, approuva George. De toute façon, il est presque quatorze heures. Il s'est forcément aperçu que notre camion n'est pas là, et il doit se demander ce qui se passe. Il sera soulagé d'être fixé !

– Vas-y, appelle-le, m'enjoignit Bess. Pendant ce temps, je vais descendre le vélo de secours et m'assurer que rien ne cloche. Autant être prudentes !

– Je remplacerai Bess au volant pour qu'elle puisse se reposer un peu, m'informa George. Demande à Ned de te préciser où il se trouve, surtout !

Le parcours du rallye était très complexe. Il comportait beaucoup de lacets et de détours, de virages en épingle à cheveux et de montées. Les organisateurs avaient conçu une épreuve difficile. En coupant par les routes de campagne rectilignes, George rattraperait Ned plus vite.

Sortant mon mobile, j'appuyai sur la touche d'appel de Ned, pour entrer en contact avec le téléphone cellulaire logé derrière sa selle.

George avait relié nos mobiles à une télécommande fixée sur nos guidons et à un émetteur/récepteur intégré à nos casques. Lorsque notre téléphone sonnait, nous n'avions pas besoin de l'attraper derrière la selle ; il suffisait de pousser le bouton de la télécommande pour que la voix de notre interlocuteur se diffuse dans le casque. Le micro se trouvait dans la lanière de fermeture, nous n'avions donc rien à manipuler. Elle s'était inspirée, pour bricoler ce système, de celui qu'utilisent les conducteurs de formule 1 !

Je fus heureuse d'entendre Ned. Au moins, il participait à la course, lui !

J'eus tôt fait de le mettre au courant des événements et de lui expliquer mon projet.

– Tu es sûre que ça ira ? s'inquiéta-t-il.

Sa sollicitude me fit chaud au cœur.

– Il n'y aura pas de problème, affirmai-je. Je serai ravie de récupérer l'argent et de le mettre en sécurité.

– Donc, Bess prendra le relais à quinze heures. Je suis triste ! Je ne verrai pas tes beaux yeux bleus.

Ned a le don de dire des choses jolies et

réconfortantes quand il le faut...

– Bess aussi a de beaux yeux bleus, lui rappelai-je.

– Exact ! fit-il en riant.

– Tu es bien gai, dis-moi ! Où es-tu ? m'enquis-je en consultant le tracé du parcours.

– J'approche des collines de Berryville.

– Bravo ! Le camion te rejoindra sur l'autre versant, alors. Avec un peu de chance, Bess réussira à pédaler jusqu'à Swain Lake. Ou pas loin, en tout cas. À la rivière, peut-être.

– Ce serait génial ! Fais bien attention, hein ! Résous l'affaire, récupère le pactole et viens dîner avec nous à Swain Lake.

– Vaste programme ! commentai-je avec amusement. Bon, soit je vous retrouve là-bas, soit je vous téléphone. Fais bien attention à toi aussi ! À plus !

Je coupai la communication à regret. Rêver au clair de lune près du lac avec Ned... Cela devrait attendre ! Nous avions chacun une tâche importante à accomplir.

– Le vélo de secours est en parfait état, me déclara Bess. J'ai choisi exprès un hybride : tu pourras aussi bien faire de la route que t'engager en terrain plus accidenté, si tu y es contrainte. Ton sac à dos et ton casse-croûte sont dans les sacoches. J'ai ajouté ton jean et ton pull, pour le cas où tu n'aurais pas le temps de rentrer te changer.

Je la remerciai, puis j'indiquai à George où se trouvait Ned et à quel endroit je lui avais fixé rendez-vous avec le camion. Ensuite, je coiffai mon casque et enfilai mes gants.

– C'est bon, les filles ! À l'attaque ! Vous les aurez ! leur lançai-je en enfourchant mon vélo.

– Toi aussi, tu les auras ! me cria Bess en grimpant sur le siège du passager.

George s'engagea sur la route en même temps que moi. Elle tourna à gauche, je pris à droite.

8. Une rencontre instructive

Je redescendis vers la ville par le chemin le plus court, coupant en pente raide à travers les prés et les voies d'accès. Ainsi, River Heights n'était qu'à quelques kilomètres ! J'avais hâte d'atteindre mon but : la ligne de départ et d'arrivée.

J'avais prévu de passer me changer à la maison, car je ne tenais pas à attirer l'attention sur moi. J'habite River Heights depuis toujours et, pour une raison ou une autre, je suis connue de beaucoup de gens. D'ailleurs, si je roulais en pleine rue dans ma tenue de course, on me remarquerait forcément. Or, je ne voulais pas qu'on sache que j'avais déserté le rallye – ni, surtout, *pourquoi* je l'avais fait !

Me rappelant que Bess avait mis mon pull et mon jean dans une des sacoches, je décidai de me rendre au cabinet de mon père pour les enfiler et me rafraîchir.

De la lisière de la ville, je pédalai jusqu'à Highland Boulevard. C'est là que se trouve le bureau de papa, d'habitude ouvert le samedi. Ce jour-là, il était fermé à cause du rallye. D'ailleurs, mon père était absent.

Cependant, j'avais la clef, bien sûr ! Je me faufilai jusqu'à la porte de derrière, la déverrouillai et rentrai prestement mon vélo. Puis je fis un brin de toilette. Après ça, je mis mon pull et mon jean par-dessus ma tenue de cycliste. J'avais un peu chaud, mais tant pis : à la guerre comme à la guerre !

Emportant mon sac à dos, je quittai le cabinet et remontai le boulevard à pied, jusqu'à l'angle de Main Street. Cet endroit n'était pas seulement la ligne de départ et d'arrivée de *Coureurs de fonds*. C'était aussi là qu'on avait vu l'argent contenu dans le coffre-fort pour la première et dernière fois.

Je commençai par traîner d'un air dégagé près du petit parc, en faisant semblant de lire le journal électronique du kiosque. En réalité, j'observais les allées et venues devant la banque, située de l'autre côté de la rue. Les passants étaient rares : les voies étaient barrées dans le secteur à cause du rallye, et il ne servait pas à grand-chose d'ouvrir les magasins. La plupart des rideaux étaient baissés, ce qui n'attirait pas les badauds !

J'avais l'intention d'inspecter les parages. Je compris vite que c'était impossible : deux policiers en uniforme et trois agents en civil, reconnaissables pour mon œil exercé, s'affairaient à chercher des indices aux abords de l'estrade improvisée et des gradins édifiés pour le week-end. On n'avait retrouvé ni l'argent ni le voleur, c'était clair !

Je traversai pour me rapprocher de la banque, qui était fermée, évidemment. Elle l'aurait été même s'il n'y avait pas eu de vol, car, le samedi, elle n'ouvre que le matin. Or, il était quinze heures.

Comme personne ne semblait me prêter attention, je longeai l'agence au pas de promenade et regardai par la vitre. Il y avait une sacrée activité à l'intérieur ! Une vraie ruche ! Des caissiers comptaient l'argent dans les tiroirs ; des officiers de police interrogeaient les gardes de sécurité ; d'autres agents, assis, vérifiaient des liasses de papiers. Il s'agissait sûrement, pensai-je, des listes de donateurs, seule trace des mises qui s'étaient volatilisées !

Dans l'angle, M. Holman et M. Rainey, le vigile, se tenaient de part et d'autre de l'antique coffre-fort. La porte en était ouverte, exactement comme le matin, avant la course. Sauf que, cette fois, il était vide !

Je désirais vivement parler à M. Rainey, car c'était lui qui avait surveillé l'argent. Mais comment parvenir jusqu'à lui ? Pour le moment, je n'en voyais pas le moyen…

Je retournai de l'autre côté de Main Street, dans le petit parc. Il était aussi calme que la banque débordait d'activité. Deux bourdons butinaient sur les pétunias, un gros cardinal rouge se tenait au milieu d'un abreuvoir. Il n'agitait même pas les ailes pour faire semblant de prendre un bain. Il restait accroupi dans l'eau. Un banc usé par les intempéries offrait une vue parfaite sur l'entrée de la banque. Je m'y installai, regardant l'oiseau immobile tel un rocher. Des visions affluèrent dans mon esprit : le coffre-fort plein d'argent, M. Holman, M. Rainey montant la garde, l'homme au short rouge…

Que faire ? Allais-je me rendre au poste de police ? Le chef McGinnis est ma principale source d'informations. Il n'est ni mon ami ni une simple connaissance. En fait, c'est presque un collègue : nous enquêtons souvent sur les mêmes affaires. En revanche, nos méthodes diffèrent... et nos résultats aussi !

Alors que je jaugeais les avantages d'un éventuel entretien avec le chef McGinnis, quelqu'un vint s'asseoir près de moi.

– Luther ! m'exclamai-je. Vous tombez à pic ! J'ai justement besoin de vos lumières !

Je suis toujours ravie de passer un moment avec Luther. Chaque fois que je le vois, j'apprends quelque chose d'intéressant ou d'utile ; et il n'est pas rare que j'en prenne conscience seulement *après* lui avoir parlé. Bien qu'il soit assez vieux pour être mon père, nos relations sont celles de deux très bons amis.

– Salut, Nancy ! dit-il avec son petit sourire. Tu devrais être en train de pédaler sur le circuit du rallye, non ? Mais, bizarrement, je ne suis pas étonné de te voir ici !

– Normal, vous savez de quoi je suis capable ! répliquai-je gaiement. Comment se fait-il que vous ne soyez pas surpris par ma désertion ?

Ses yeux bleus brillèrent, et il lança du tac au tac :

– Parce qu'un vol important vient d'être commis !

– Vous savez qu'on a pris l'argent de

Coureurs de fonds, si je comprends bien !

– Oui ! Je me suis douté que je te trouverais sur les lieux du crime !

– Je pensais que c'était l'endroit tout indiqué pour commencer mon enquête. Mais je ne suis plus très sûre d'avoir choisi la bonne approche. J'aimerais parler à Ralph Holman ou à M. Rainey, le vigile qui était chargé de veiller sur le coffre-fort. Malheureusement, la police les séquestre dans la banque !

– Pas au sens strict, j'imagine ! commenta Luther avec amusement.

– Peut-être, mais c'est drôlement bien imité ! rétorquai-je en souriant à mon tour.

Luther m'adressa un regard significatif, puis il commença :

– Tu sais...

J'adore quand il commence une phrase comme ça ! En général, il s'agit de quelque chose que *j'ignore* !

– Tu sais, continua-t-il, toute cette affaire me rappelle le casse légendaire.

Je compris aussitôt à quel événement il faisait allusion. Tous les habitants de notre ville connaissent l'histoire par cœur ! Mais Luther est un expert imbattable en ce qui concerne le passé de River Heights : il est au courant des détails qui ne figurent pas dans les annales !

– Tu as entendu parler de la bande à Rackham, je suppose, reprit-il.

Paraphrasant le laïus du dépliant de notre office de tourisme, je débitai :

– « À l'époque où le lotissement des immigrants ne s'appelait pas encore River Heights, un bateau à vapeur arriva avec une grande quantité d'argent liquide, destiné à payer les ouvriers de Mahoney. L'information s'éventa, et la bande à Rackham déroba le magot. »

– Je te donne « A + » en folklore local, me dit Luther. Cela dit, je te crois capable de me livrer des faits un peu moins rebattus !

– OK, je vais essayer. Vous vous souvenez, vous m'avez montré l'endroit où ce célèbre vol a été commis.

J'avais trouvé ça très excitant. Luther m'avait décrit le hold-up légendaire, et c'était si vivant que j'avais presque eu l'impression d'assister à l'événement ! Cela échauffait mon imagination. C'était un peu comme si nous avions notre « histoire de pirates », à River Heights…

– Quoi d'autre, alors ? continuai-je. Ah, oui ! L'an dernier, Lucia Gonsalvo a déniché une pièce de monnaie en or, et elle a supposé qu'elle faisait partie d'un trésor, d'une cargaison engloutie. Vous l'avez identifiée : elle provenait du butin de la bande à Rackham.

– Bravo ! fit Luther.

– Bon, et quel est le rapport avec les événements d'aujourd'hui ? demandai-je. Pourquoi est-ce que vous me parlez de la bande à Rackham ?

– Je te le disais tout à l'heure, et je te le répète : le vol qui a eu lieu ce matin de l'autre côté de la rue est *comparable* à celui perpétré par la bande à Rackham voici un siècle.

– En quoi ?

– Les membres de la bande se sont pour ainsi dire évaporés dans la nature. Des témoins les avaient repérés en ville avant le hold-up. Mais personne ne les y a jamais revus après.

– Vous m'avez expliqué qu'ils se sont échappés par la Muskoka River. Un bateau les attendait en aval du fleuve.

– C'est exact. Le shérif avait fait surveiller la rivière ; mais, à moins de poster un homme tous les deux ou trois mètres, il n'y a aucun moyen de couvrir la totalité des endroits où on peut planquer un bateau. La nuit, surtout. Les membres de la bande à Rackham sont restés cachés jusqu'au soir. Ensuite, ils se sont enfuis par la Muskoka avec leur butin.

– Qu'est-ce que vous essayez de me dire ? Que notre voleur s'est échappé de la même manière ?

– Oh, tu sauras démêler tout ça, lâcha tranquillement Luther en guise de réponse.

Puis il se leva, me tapota l'épaule et acheva :

– Tu es futée.

Là-dessus, il s'éloigna. Presque au même moment, le cardinal rouge secoua ses ailes humides et s'envola. Je le suivis du regard jusqu'à ce qu'il se fonde dans le lointain, en réfléchissant à ma conversation avec Luther.

Tout à coup, j'eus une vision de la scène qui s'était déroulée près de la ligne de départ : l'homme au short rouge se volatilisant dans la foule, à l'image du cardinal écarlate disparaissant dans les airs…

– Il faut que je parle au vigile ! murmurai-je. M. Rainey a vu Short-Rouge comme moi. Il l'a même éloigné du coffre-fort ! Il a dû le signaler sur la liste des gens à interroger.

De nouveau, je traversai la rue et regardai à l'intérieur de la banque, derrière la vitre. C'était beaucoup plus calme que tout à l'heure ! Il n'y avait plus personne pour monter la garde près du coffre vide. Je ne repérai ni Ralph Holman ni M. Rainey. En fait, presque tout le monde était parti.

D'un pas nonchalant, je tournai à l'angle de Highland Boulevard et m'engageai dans la ruelle qui longe l'arrière du bâtiment. Deux voitures de police en bloquaient les issues, une à chaque bout. À mi-chemin, une voiture noire banalisée stationnait près de la porte de derrière de l'agence.

Je ne voyais personne. Pourtant, on pouvait parier qu'il y avait un agent en faction près de cette porte ! J'espérais que c'était un policier de ma connaissance. Comme ça, il répondrait peut-être à mes questions sur le vol. Il m'était arrivé de travailler avec des policiers de River Heights, lors de mes précédentes affaires – à titre officieux, bien sûr. Avec un peu de chance, je tomberais même sur le chef McGinnis !

Je contournai le véhicule qui barrait l'accès de la ruelle. Il était quatre heures et demie. L'immeuble de la banque faisait obstacle aux rayons du soleil, et le passage était un patchwork de taches de lumière dansantes et d'ombres marbrées. Comme je pénétrais dans cette zone, un frisson me parcourut l'échine.

Il n'y avait pas de policier devant l'issue de la banque. Je collai mon oreille contre la porte métallique et ne captai aucun bruit de l'autre côté.

La porte n'avait ni poignée ni loquet, mais un lecteur à fente était encastré dans le mur. Cela signifiait que les employés avaient des cartes d'identité magnétiques pour entrer à l'intérieur.

Sans illusions, je tentai tout de même de pousser le battant. À mon grand étonnement, il s'ouvrit sous la légère pression de mes doigts ! Mon cœur battait la chamade. Soudain, j'entendis une voix tonner derrière moi :

– Nancy Drew !

9. Sur la sellette

– Nancy ! Ne me dis pas que tu t'es lancée dans les hold-up ! continua la voix.

Cette fois, je la reconnus : c'était le chef McGinnis ! Je fis volte-face en plaquant sur mon visage mon sourire le plus charmeur.

– Bonjour, chef ! fis-je.

J'étais contrariée de le rencontrer de cette manière. D'un côté, j'étais contente, car, en général, j'arrive à lui soutirer des informations. Mais, de l'autre, je n'étais pas enchantée d'avoir été surprise alors que je cherchais à me faufiler dans la banque ! Quand le chef McGinnis me soupçonne de vouloir empiéter sur son territoire, il se met en rogne...

Je décidai de foncer bille en tête. C'est encore le meilleur système de défense, non ?

– Vous voilà enfin, chef ! Quelle chance de vous avoir trouvé ! Je vous ai cherché partout ! J'ai fini par me douter que vous deviez être par ici.

Bon, ce n'était pas l'exacte vérité. Mais ce n'était quand même pas un énorme mensonge…

Il laissa tomber en détachant les syllabes :

– Non, sans blague ?

J'eus droit à son froncement de sourcils le plus sévère – d'autant plus rébarbatif que ses sourcils sont très broussailleux. Puis il ajouta :

– C'est curieux, tu avais tout l'air d'essayer d'entrer par effraction !

– Vous avez un sacré sens de l'humour, chef ! Avec une affaire aussi difficile sur les bras, vous trouvez le moyen de plaisanter ! Franchement, ça m'épate ! y allai-je au culot, en lui adressant un sourire encore plus enjôleur que le premier.

Je vis avec satisfaction que je venais de faire mouche : à en juger par son expression, le compliment lui avait fait plaisir. Il parut se détendre un peu, mais reprit presque aussitôt son air renfrogné.

– Quelle affaire ? grommela-t-il. Comment es-tu au courant ?

– Du vol de l'argent des *Coureurs de fonds* ? Eh bien, le bruit circule en ville. J'espérais que vous pourriez me donner la vraie version des événements.

– Non, je ne peux pas !

Il se glissa entre moi et la porte de la banque. McGinnis a quinze bons centimètres de plus que moi et est doté d'un ventre rebondi. Il formait une excellente barrière !

– Vous ne *pouvez* pas ou vous ne *voulez* pas ? fis-je. Vous n'avez encore rien, c'est ça ? Pas de suspects ? Pas de pistes ?

– Je n'ai aucun renseignement pour toi, voilà ce qu'il y a !

– Et M. Rainey ? Il devrait avoir des informations intéressantes. Qu'est-ce qu'il a dit lorsque vous l'avez interrogé ?

– C'est inouï ! lâcha le chef, mi-exaspéré, mi-dépassé. Enfin… Au bout de toutes ces années, je ne devrais pas m'étonner que tu saches toujours tout ! Si tu me disais ce que tu fiches ici, hein ? « La vraie version des événements », acheva-t-il avec ironie.

– Eh bien, je voudrais m'entretenir avec vous. Et aussi avec M. Rainey et Ralph Holman.

– Pour ce qui est de me parler, considère que c'est fait ! Une personne sur trois, ce n'est pas un mauvais score. Désolé, tu ne verras pas M. Rainey. Et Holman, encore moins.

– Comment ça, *encore moins* ?

– Cet entretien est terminé, Nancy. Suis-moi, je te raccompagne hors de cette ruelle.

Il posa la main sur mon épaule et m'entraîna en douceur. Alors que nous remontions le passage, je tentai malgré tout de glaner quelque information :

– Écoutez, acceptez de me préciser une chose : c'est vous qui avez engagé M. Rainey ? Je veux dire : est-ce la police de River Heights qui a fourni l'agent de sécurité ? Ou bien la banque ? Ou les organisateurs de la course ?

– M. Rainey travaille pour une entreprise privée. Il a été engagé par le comité directeur de *Coureurs de fonds*.

– Mme Mahoney est la présidente de ce comité. Mon père en fait partie.

– C'est exact, répondit le chef McGinnis.

Tandis que nous parlions, il me conduisait d'un pas vif vers le boulevard. Il n'allait pas jusqu'à me pousser, mais il avançait de telle façon que j'étais obligée de marcher devant lui pour éviter de frotter contre le mur de briques.

– Si je ne me trompe pas, continuai-je, Ralph Holman est le *trésorier* de *Coureurs de fonds*. Normal, puisqu'il est banquier. Il devait veiller sur l'argent pendant le rallye – et donc au moment où le vol a eu lieu. Qu'a-t-il dit à ce sujet ?

– Oh, jusqu'ici, il n'a pas été très loquace, lâcha le chef. Mais nous espérons bien changer cet état de choses !

– Il est suspect, c'est ça ?

– Ne me fais pas dire ce que je n'ai pas dit !

McGinnis a parfois tendance à parler comme les privés de cinéma. Je crois qu'il a dû voir un peu trop de vieux polars !

– Vous avez sûrement interrogé M. Rainey, vu qu'il a été engagé pour empêcher une telle catastrophe.

– Bien sûr.

– A-t-il mentionné un homme en short rouge ? Il l'a refoulé au moment où on a exposé l'argent au public. Un type avec un VTT.

– Je ne m'en souviens pas.

Alors, là, vous avez un exemple typique de ce qui me frustre le plus lorsque j'ai affaire au chef McGinnis. Nos idées et nos méthodes sur la façon de résoudre une énigme sont diamétralement opposées. Si j'avais interrogé le vigile chargé de veiller sur l'argent, je n'aurais pas oublié un seul mot de sa déposition, croyez-moi !

– Il avait un maillot de cycliste ; alors, j'ai pensé qu'il faisait partie d'une équipe, repris-je.

– Écoute, Nancy, corrige-moi si je me trompe... – c'est juste une manière de parler, vu que tu n'es pas du genre à te gêner ! Ce n'étaient pas les gens en maillot et à bicyclette qui manquaient dans les parages, ce matin.

– Mais celui-là était différent ! Il avait un vélo de montagne, d'abord. Et puis je ne l'avais jamais vu.

– Plusieurs personnes étrangères à notre ville se sont engagées dans le rallye. Et, contrairement à ce que nos concitoyens s'imaginent, tu ne connais pas *tout le monde*, souligna McGinnis.

Et il eut un sourire de satisfaction.

Alors que nous parvenions à l'extrémité de la ruelle, j'entendis des voix derrière nous. Je me retournai, à temps pour voir deux policiers en civil escorter Ralph Holman hors de la banque et le faire monter dans la voiture banalisée.

– Il a des menottes ! soufflai-je. M. Holman est arrêté !

– Exact, déclara le chef. Maintenant, fais-moi le plaisir de partir d'ici. Et silence sur toute cette affaire ! Si la nouvelle s'ébruite avant que nous la rendions publique, je saurai qui est l'auteur de la fuite. Et, à l'avenir, tu pourras faire une croix sur ma collaboration ! Ce sera la dernière information que tu m'auras soutirée !

La dernière, tu m'entends ? Ne t'imagine surtout pas que je plaisante. Je suis on ne peut plus sérieux.

– Est-ce qu'on arrête M. Holman pour le vol ? insistai-je. Dites-moi au moins ça !

– Tu sais déjà plus de choses que tu n'es censée en savoir, Nancy ! Alors, sois gentille, arrête cette conversation avant que je ne me fâche pour de bon !

Là-dessus, McGinnis revint sur ses pas, me plantant à l'angle de la rue. Je ne pus résister à l'envie de le titiller encore un peu :

– Vous avez installé des barrages routiers et des postes de guet à tous les embarcadères, je parie !

Il ne se retourna pas, mais il hocha tout de même la tête en m'adressant un signe, pouce brandi en l'air. Puis il hâta le pas en direction du véhicule banalisé. Il ne tarda pas à s'y engouffrer, et je suivis du regard la voiture qui s'éloignait rapidement avec ses passagers : les flics en civil, le chef et leur prisonnier : Ralph Holman.

Gagnant l'entrée principale de la banque, j'examinai ses abords. Rien qui puisse me fournir une indication sur ce qui s'était passé ce matin-là ! S'il y avait eu des indices sur place, la nuée d'enquêteurs que j'avais vue un moment plus tôt les avait récoltés.

Je me remémorai le manège de M. Holman, du vigile Rainey et de l'homme au short rouge. Puis je m'approchai de l'arbre auquel Short-Rouge était adossé au moment où j'avais repéré sa présence. Je m'accroupis au pied du tronc et passai la main dans le gazon dru, parsemé de mauvaises herbes. Elle était bien là, dans la terre meuble, légèrement humide : l'empreinte nette d'un large pneu de VTT, d'environ quinze centimètres de long ; juste à l'endroit où Short-Rouge avait appuyé sa bicyclette !

Je sortis mon canif de mon sac à dos, j'entaillai la terre sur tout le pourtour de l'empreinte. Regardant autour de moi, je repérai une affiche du rallye abandonnée sur le trottoir et m'en saisis.

J'enfonçai le bord de l'affiche à l'extrémité de l'entaille que j'avais ménagée dans la terre, puis, avec de grandes précautions, je fis glisser peu à peu cet épais papier sous l'empreinte du pneu, sur toute sa longueur. Utilisant ensuite l'affiche comme un plateau, je soulevai le bloc de terre que j'avais découpé.

Emportant mon trésor, je redescendis en hâte Highland Avenue pour gagner le cabinet de papa. Je déposai sur son bureau l'empreinte moulée dans la bande de terre et la photographiai avec l'appareil à développement instantané qu'il conserve dans son cartonnier.

Lorsque j'eus obtenu un cliché bien net, je le fourrai dans mon sac à dos. Puis je fis glisser le socle de terre dans un sac en plastique, que je plaçai sur une étagère du réfrigérateur. Je mis dessus une étiquette avec la mention : « Merci de ne pas toucher, Nancy. »

Ensuite, je réfléchis. Quelle serait ma prochaine initiative ?

Je tenais à voir M. Rainey, le vigile, pour le questionner au sujet de Short-Rouge. Et puis, j'avais maintenant un autre sujet de curiosité : Ralph Holman ! Il fallait aussi que je téléphone à mes coéquipiers... Mais auparavant, décidai-je, j'allais prendre une bonne boisson chaude. Il était dix-huit heures vingt, et je commençais à être fatiguée !

Je ressortis avec ma bicyclette, sans oublier de fermer à clef le cabinet de papa, et me dirigeai vers *Le Mille-feuilles de Susie*, dans River Street. *Le Mille-feuilles* est un endroit où j'aime paresser. C'est une librairie géniale, avec des livres neufs et d'occasion, et en même temps un café vraiment sympa. Après avoir garé mon engin dans le parc à vélos et verrouillé l'antivol, j'y entrai.

– Salut, Nancy ! me lança Susie Lin, la propriétaire, depuis le fond de la salle.

Elle me rejoignit alors que je jetais un coup d'œil sur le panneau d'affichage couvert d'offres d'emploi et autres annonces.

– Dis donc, tu ne devrais pas être en train de pédaler dans la campagne, en ce moment ? Je te croyais engagée dans le rallye !

Comme je tenais à ce que *personne* ne se doute de mon activité réelle, je déclarai :

– Je fais juste une petite pause. C'est Bess qui court cette étape.

– Bess ? s'étonna Susie. C'est super pour elle ! Donc… tu es revenue en ville ? Qu'est-ce qui se passe ?

– Oh, rien de spécial… Je n'avais pas envie d'entrer en compétition sans avoir savouré un de tes muffins, Susie !

– Ils sont aux pommes et aux noix, aujourd'hui.

Elle me désigna l'ardoise calée contre la caisse enregistreuse, où elle note les plats du jour en capitales bien lisibles. Susie confectionne des gâteaux délicieux !

– Tu le veux comment, ton muffin ? reprit-elle. Tiédi au four ou non ?

– Tiédi, c'est encore meilleur ! Avec un café crème, s'il te plaît.

– Assieds-toi, je t'apporte ça tout de suite.

Je regardai discrètement autour de moi. De vrais amateurs de lecture scrutaient le contenu des rayonnages. En revanche, les habitués du samedi soir n'étaient pas encore là. Alors, j'avais le choix de la place.

Je m'installai devant une petite table ronde, badigeonnée de peinture bleue écaillée. Je flanquai mon sac à dos sur une chaise proche et fouillai dedans pour en tirer mon téléphone mobile. Au moment où je me penchais, je vis passer à ma hauteur une paire de jambes velues. Elles s'immobilisèrent devant l'ardoise.

Je ne pus réprimer un frisson. Je ne pouvais pas voir le visage du client qui venait d'entrer et qui se tenait maintenant devant le comptoir, dos tourné vers moi. Mais je reconnus son short rouge sans l'ombre d'une hésitation !

10. L'homme au short rouge

L'homme au short rouge examina l'ardoise de Susie pendant quelques minutes. Enfin, il déclara d'une voix grave, un peu éraillée :

– Je prendrai un sandwich végétarien et un americano. Avec de la moutarde, le sandwich.

– Sur place, ou à emporter ?

– Sur place.

– Ça vient, dit Susie. Asseyez-vous où vous voulez.

L'homme fit volte-face et se dirigea du côté des étagères de livres – la section « Biologie ». Je l'interrompis dans sa marche en lui lançant :

– Excusez-moi, mais je vous ai remarqué au départ du rallye. Comment se fait-il que vous ne soyez pas dans la course ? Vous ne faites pas partie d'une équipe ?

Alors qu'il se tournait vers moi, je retins mon souffle : il y avait des chances pour qu'il me retourne la politesse ! Heureusement, Short-Rouge ne parut pas me reconnaître dans mes vêtements de ville. Il devait me prendre pour une cliente de Susie, et rien de plus.

– Euh... non, répondit-il. J'étais là juste pour... euh... je voulais... Dites, on se connaît ?

« Ah, zut ! » pensai-je. J'avais bel et bien pris un risque ! Il n'était pas impossible qu'il se souvienne de moi...

– Non, je ne crois pas, me hâtai-je de répondre. Vous avez pu m'apercevoir ce matin...

Il me fixa en plissant les yeux, et il me sembla que ses épaules s'étaient raidies. Se rappelait-il qu'il m'avait heurtée au moment où on l'avait chassé de l'estrade ?

– Oui, j'ai dû vous voir passer, lâcha-t-il enfin.

Là-dessus, il prit une profonde inspiration et eut l'air de se détendre. Le regardant de près, je fus frappée par son aspect miteux et négligé. Il ne s'était pas rasé avec beaucoup de soin, ce matin-là ! Ou alors, il se laissait pousser la barbe, et les poils naissants donnaient l'impression que son menton était sale. Quant à son maillot, il était d'un noir décoloré, et le bas des manches était effiloché par endroits. Ses chaussures de sport étaient crottées.

– Je suis sûre de vous avoir vu avec un vélo, ce matin, insistai-je. C'est pour ça que j'ai cru que vous participiez au rallye. J'adore le cyclisme ! La bicyclette de course qui est dehors est à moi.

Short-Rouge se retourna pour regarder ma routière, au-delà de la vitre.

– Belle bécane ! commenta-t-il.

– Votre commande est prête, annonça Susie en survenant près de lui. Où voulez-vous vous asseoir ?

– Vous pouvez me tenir compagnie, si vous voulez, suggérai-je à Short-Rouge. J'adore parler vélo.

Susie me décocha un drôle de regard. À en juger par sa réaction, elle nous trouvait très mal assortis, Short-Rouge et moi ! Elle se demandait sans doute pourquoi j'adressais la parole à un tel individu et, surtout, pourquoi je l'invitais à ma table ! Elle inclina la tête en me fixant d'un air interrogateur. Short-Rouge ne s'aperçut pas de son manège, car elle était un peu en retrait.

Je lui adressai un signe presque imperceptible en espérant qu'elle comprendrait. Susie me connaît depuis longtemps, et elle sait que je suis détective…

Je vis à sa mine expressive qu'elle était en train d'emboîter les pièces du puzzle à toute vitesse : Nancy a quitté la course, Nancy parle à ce drôle de type, Nancy doit être sur une affaire ! Elle ne tarda pas à reprendre la parole, et je sus qu'elle avait capté mon message muet.

– Mais oui, faites donc connaissance, dit-elle en déposant le sandwich et le café de Short-Rouge à la place restée libre en face de moi.

En un rien de temps, elle me rapporta mon muffin et mon café crème, en me lançant :

– Bon appétit !

Puis elle s'éclipsa dans la cuisine, ses longs cheveux noirs dansant derrière elle. Après un temps d'hésitation, Short-Rouge tira la chaise et s'assit. Je lui tendis la main :

– Je m'appelle Nancy.

Il n'était pas question de lui révéler mon nom de famille, bien sûr ! Comme j'ai souvent l'occasion de le constater à ma grande surprise, beaucoup de gens que je ne connais pas, que je n'ai jamais vus, ont entendu parler de moi.

– Et moi, Jasper.

Il tendit une main fine et longue, aux ongles sales, et me serra à peine les doigts. Puis il essuya sa paume contre sa serviette. J'aurais préféré qu'il le fasse avant de me toucher ! Sa main était poisseuse, presque collante.

– Jasper comment ? demandai-je.

– Jasper tout court, dit-il en avalant une gorgée d'americano fumant.

Je sirotai un peu de café crème et rompis mon muffin. Jasper lorgna vers mon vélo et reprit :

– Alors, comme ça, c'est à toi ? Et *tu* ne participes pas au rallye ? Ça m'étonne. Tu pourrais réaliser une sacrée performance avec cet engin. Il est vraiment cool.

– Malheureusement, toutes les équipes étaient au complet lorsque j'ai voulu m'inscrire. Et vous ? Pourquoi vous ne courez pas ?

Il ne répondit pas, préférant mordre gloutonnement dans son sandwich.

– C'est bon ! marmonna-t-il sans vraiment s'adresser à moi.

Tournant la tête, il cria à Susie :

– Vous m'en mettrez un deuxième ! Bon sang, j'ai une de ces faims !

– C'est comme si c'était fait ! lui lança Susie.

Un groupe d'ados bruyants et agités – des lycéens ou des étudiants, sans doute – entra et alla s'installer près du mur du fond, à une longue table avec des bancs. Je fus soulagée de les voir s'asseoir loin de moi. Je n'aurais pas aimé que l'un d'eux me reconnaisse et me demande des nouvelles de mon équipe devant Jasper !

Celui-ci se décida enfin à répondre :

– Je ne cours pas parce que je n'ai pas de routière. En fait, je n'ai même pas de vélo. Celui de ce matin était un vélo de montagne. Mais les montagnes ne sont pas légion dans la région, acheva-t-il avec un sourire.

– Il y a quand même des coins très accidentés. Le long de la rivière ou dans certaines collines des environs, un VTT est très utile. Vous habitez River Heights ?

Ignorant ma question, Jasper lâcha :

– De toute façon, le VTT ne m'appartient pas.

– Ah ?

– Non, je n'ai pas eu de bicyclette depuis que j'étais gosse. Le vélo est à mon frère. Je le lui avais emprunté pour partir en exploration du côté de la rivière, ce week-end. Je m'intéresse aux serpents, et j'avais l'intention d'en chercher pour monter une affaire.

– Et vous y avez renoncé ; sinon, vous ne seriez pas ici. Que s'est-il passé ?

– Oh, mon frère a eu besoin de sa bécane. Il devait se rendre quelque part après le départ du rallye, et sa voiture est tombée en panne… En tout cas, j'envisage de me racheter un vélo. Il roule bien, ce VTT. Tu as raison, du côté de la rivière, c'est idéal. La nature est encore très sauvage, par là.

– N'est-ce pas ? Je trouve génial que la municipalité préserve ces espaces naturels. C'est super pour faire de la randonnée

– Mmmmm, marmonna Jasper en engloutissant le reste de son sandwich.

Comme Susie lui en apportait un deuxième, il vida sa tasse de café, et se leva en déclarant avec brusquerie :

– Bon, celui-là, je l'emporte.

Je l'examinai tandis qu'il payait son repas avec de vieux billets malpropres, fourrés dans un petit porte-monnaie. Il m'adressa un dernier signe de tête, s'empara du sandwich que Susie avait glissé dans un sachet et quitta le restaurant en hâte. Il traversa la rue et disparut de mon champ de vision.

Je sortis pour voir où il allait, tout en faisant semblant de rajuster la chaîne de mon vélo. Accroupie derrière les rayons, j'avais un bon poste d'observation. À un pâté de maisons de là, Jasper sauta dans une limousine marron toute cabossée et remonta rapidement Main Street. La voiture cahotait comme si les amortisseurs étaient morts.

Je me relevai. Il était vain de filer Jasper à vélo. En admettant que je réussisse à ne pas me laisser distancer, il aurait vu dans son rétroviseur que je le suivais. Je rentrai donc au *Millefeuilles* pour payer mon addition – même si je n'avais pas avalé mon muffin…

Susie me dit à voix basse en regardant autour d'elle d'un air de conspiratrice, comme pour s'assurer que personne n'entendait :

– Tu es sur une piste, hein ?

– Disons que j'effectue quelques vérifications. Tu as des infos sur ce type ? Il est d'ici ?

– Je ne l'ai vu qu'une fois ou deux. Je crois qu'il habite du côté de la rivière. Tu sais, je n'écoute pas les conversations de mes clients, mais il m'arrive de saisir des choses sans le vouloir. Un soir, il est venu avec un autre homme ; ils projetaient de descendre la rivière jusqu'à Rocky Edge pour attraper des serpents.

– Oui, il m'a dit qu'il voulait monter une affaire. Je me demande ce que ça signifie… Beurk !

– Ce n'est pas très ragoûtant ! approuva Susie. Dès que j'ai su ça, j'ai détalé.

Elle me rendit ma monnaie, et je partis : il

fallait que je téléphone à mon équipe. Ned, George et Bess avaient sûrement planté leur campement, à cette heure-ci ; ils devaient même dîner… Je me demandais comment Bess s'était débrouillée dans la dernière étape, et la compétition me manquait. J'aurais tant aimé rester avec mes amis et filer comme l'éclair sur l'asphalte ! Mais je devais donner la priorité à mon enquête. À quoi bon courir et déployer des efforts pendant deux jours si on ne récupérait pas l'argent dérobé ?

Mon entretien avec Jasper n'avait pas été concluant. Il avait eu une attitude si décontractée ! Il était difficile de croire qu'il avait pu commettre un vol important quelques heures plus tôt. Décidément, il était *impératif* que je parle au vigile, M. Rainey.

J'étais persuadée que le voleur n'avait pas encore quitté la ville. Luther faisait preuve de beaucoup de bon sens en comparant le cambriolage du coffre-fort au hold-up historique de la bande à Rackham. Ceux qui avaient pris l'argent auraient été fous d'essayer de quitter River Heights avant le crépuscule, d'autant que le chef McGinnis avait placé des barrages sur les routes principales. La nuit, en revanche, il en allait autrement ! Surtout dans le secteur de la rivière, où il était impossible de surveiller chaque pouce de terrain…

Susie croyait savoir que Jasper habitait quelque part en bordure du fleuve. Il devait connaître toutes sortes de goulets, de cachettes dans les recoins du rivage, où il était possible de mettre une embarcation à l'eau et de s'enfuir avec le butin.

Oui, le vigile Rainey était sûrement la clef de toute l'affaire. Il se souvenait sans doute de la seule personne qui avait escaladé l'estrade et presque fourré les mains dans le coffre-fort ! Il devait y avoir un moyen pour que je le rencontre…

« Mme Mahoney ! pensai-je soudain. Elle préside le comité de *Coureurs de fonds*. Et c'est le comité qui a engagé le vigile. Elle saura me dire où le joindre ! Et puis… j'aimerais bien savoir ce qu'elle pense de l'arrestation de M. Holman. »

Je décidai de me rendre chez elle et de téléphoner ensuite à mon équipe pour lui faire un rapport exhaustif.

J'enfourchai ma bicyclette et pédalai vers la maison de Mme Mahoney. J'étais sûre qu'elle accepterait de me recevoir sans rendez-vous. Papa est son avocat attitré ; il l'était déjà du vivant de Cornelius Mahoney. De plus, je l'avais aidée à plusieurs reprises à se débarrasser des intrigants et des escrocs qui jettent leur dévolu sur elle depuis la mort de son richissime mari.

La demeure des Mahoney se trouve dans Bluff Street, au cœur du quartier le plus chic de River Heights. Mme Mahoney répondit en personne à mon coup de sonnette, vêtue d'un pantalon bleu marine et d'un chandail écru.

– Oh, c'est toi, Nancy ! Excuse-moi de te recevoir de cette manière. Notre majordome a dû se rendre auprès d'une tante malade.

« Typique ! » pensai-je. Il n'y a que Mme Mahoney pour s'excuser d'ouvrir elle-même et regretter l'absence d'un domestique ! Papa prétend qu'elle est très moderne dans de nombreux domaines. Mais, sur certains plans – les bonnes manières et les usages, par exemple –, elle sort d'un autre siècle !

– Nancy, tu as appris le vol, n'est-ce pas ? Qu'allons-nous faire ? enchaîna-t-elle avec volubilité. Tu vas nous aider, n'est-ce pas ? En tout cas, c'est un plaisir de te voir. Tu ne devrais pas être en train de courir ?

Elle s'interrompit pour consulter sa montre, puis continua :

– Suis-je bête ! Les équipes se reposent, à cette heure-ci. Tu essaies de retrouver l'argent, je parie. J'imagine que tu es au courant pour Ralph Holman ? Comme c'est gentil de t'occuper de cette affaire en pleine compétition !

– Je mène une investigation sur le hold-up, effectivement, confirmai-je. J'ai déjà parlé au chef McGinnis et à d'autres témoins supposés. Mais mon enquête piétine. Je cherche une source d'informations susceptible de me faire avancer. Vous pouvez m'y aider, Mme Mahoney.

– Je suis à ta disposition, Nancy. Dans la mesure de mes possibilités, bien sûr. Que puis-je pour toi ?

– Je désire voir le vigile que vous avez engagé pour épauler le personnel de la banque et surveiller le coffre. Il s'appelle Rainey. Je suis convaincue qu'il est la clef de l'énigme, et j'ai hâte de l'interroger. Si je savais qui l'emploie, j'essaierais de le joindre. Pourriez-vous me préciser le nom de son entreprise ?

– Je peux mieux que ça, mon petit : t'introduire auprès de M. Rainey ! Il est en ce moment même dans mon jardin d'hiver.

11. Équipée nocturne

– Ici ? m'écriai-je, n'osant en croire mes oreilles. M. Rainey est chez vous ?

Parfois, une détective sonde, cherche, examine, fouille longtemps avant de parvenir à son but. Et, parfois, elle a de la chance !

– Oui, me confirma Mme Mahoney avec un grand sourire. Il me présente son rapport sur les circonstances du vol. Joins-toi donc à nous pour prendre le thé. Nous ne serons pas de trop, à nous trois, pour examiner la situation !

Elle me conduisit dans un lieu que j'adore. À toute époque de l'année, le jardin d'hiver de Mme Mahoney est enchanteur. C'est une serre avec une très haute verrière, couronnée d'une vaste coupole, entièrement constituée de parois vitrées à joints de cuivre. Au fil du temps, le métal a viré au gris pâle tirant sur le vert, d'une superbe nuance. Et les panneaux de verre ancien, avec de petites inclusions en forme de bulle, ont des motifs onduleux qui évoquent un univers sous-marin. Cela crée une atmosphère magique…

– Monsieur Rainey, j'ai une excellente surprise pour vous ! lança Mme Mahoney alors que nous entrions dans l'immense pièce.

Elle me guida au milieu des innombrables arbres, arbustes fleuris et autres plantes en pots qui y prospèrent, en contournant de petites tables basses et des fauteuils jusqu'à la table principale, au centre. Là, elle annonça avec enthousiasme :

– Je vous présente Nancy Drew !

Cela me gêna, car je n'avais pas du tout l'intention de prendre de grands airs avec l'agent de sécurité ! Au contraire…

Mme Mahoney s'installa pour faire le service, et je pris place près d'elle. M. Rainey, qui portait encore son uniforme de vigile et qui s'était poliment levé à notre approche, se rassit face à moi. Tant mieux ! Je pourrais ainsi étudier ses réactions pendant notre entretien…

– Bonsoir, monsieur Rainey. Je suis contente

de vous voir ! Je désirais vous parler depuis que j'ai appris le vol de ce matin, lui dis-je.

Inutile de tourner autour du pot !

Toute une gamme d'expressions se peignit sur son visage en l'espace de quelques secondes : le choc, l'interrogation, la colère, l'embarras et, enfin, la résignation.

– Comment as-tu... ? commença-t-il.

– Oh, Nancy est toujours au courant de tout, le coupa Mme Mahoney sans même lever les yeux de sa théière.

– Je suis loin de tout savoir, au contraire ! protestai-je. C'est justement pour ça que j'aimerais m'entretenir avec vous, monsieur Rainey.

Je me carrai sur mon siège et avalai une gorgée de thé. Je reconnus aussitôt la variété : un Darjeeling d'Inde. C'est celui que je préfère, j'adore son goût de chocolat.

Mme Mahoney nous présenta un plat en argent, où des canapés étaient joliment disposés sur un napperon en lin. Sur la table, deux plateaux à anses, en argent également, contenaient des sablés et des tartelettes aux myrtilles.

– Nancy sait même que M. Holman a été arrêté, reprit Mme Mahoney. Bien que je la considère comme une amie, elle est ici à titre professionnel, ce soir. Vous êtes presque collègues, en réalité. Elle est détective.

– Je vois, lâcha M. Rainey.

Il semblait intrigué. Il croqua un canapé, avala une gorgée de thé, puis s'adressa à moi :

– Tu n'appartiens pas à l'équipe des enquêteurs officiels, que je sache. Tu ne travailles pas en sous-marin non plus. Donc, c'est sur un plan personnel que tu t'intéresses à l'affaire, j'imagine ?

Mme Mahoney se pencha vers lui comme pour livrer un secret :

– Nancy a résolu plusieurs affaires qui donnaient du fil à retordre à notre police. Elle a de la jugeote, croyez-moi !

J'avalai mon canapé à la viande. Il était délicieux, et je n'avais rien pris depuis le déjeuner, à part une bouchée de muffin !

– Et que me veux-tu exactement ? me demanda M. Rainey. Tu comprendras qu'il m'est impossible de te confier des informations tant que l'enquête policière n'est pas close.

– Bien sûr. Il n'est pas question que je vous demande de compromettre votre travail d'investigation ! Ce qui m'intéresse, c'est l'homme que vous avez chassé de l'estrade ce matin. Un cycliste en short rouge. Il avait sauté sur le podium et examinait de très près l'argent du coffre-fort.

M. Rainey sirota son thé, l'air de réfléchir. Il

semblait me jauger, comme pour décider jusqu'où il pouvait aller dans ses confidences.

– Je me souviens très bien de lui, lâcha-t-il enfin. Je suppose que c'est un coureur du rallye…

– Il ne vous a pas paru bizarre qu'il grimpe sur l'estrade ? Vous étiez en train de discuter avec quelqu'un, mais vous n'étiez pas très loin du coffre. Pourtant, ça n'a pas eu l'air de le déranger. Il est monté quand même !

Mme Mahoney, qui croquait un sablé aux amandes, s'empressa de glisser :

– Nous avons eu des résultats record, cette année.

Le vigile me décocha un drôle de petit sourire, l'air de dire : « Allons, ma petite ! Si tu te mêlais de ce qui est à ta portée ? Tu es bien trop jeune, inexpérimentée et naïve pour comprendre ! » Puis il déclara d'un ton doctoral, comme s'il m'apprenait une des grandes vérités de l'existence :

– Oh, il arrive que les sportifs engagés dans une compétition se laissent emporter par leur enthousiasme ! J'ai pensé qu'il regardait l'argent de près pour mieux se motiver.

– Ça ne peut pas être ça ! objectai-je. J'ai parlé à cet homme. Il s'appelle Jasper, et il ne participe pas au rallye. D'ailleurs, il avait un vélo tout-terrain, et...

– Cela ne convient pas du tout pour cette épreuve ! me coupa Mme Mahoney. Il faut une bonne routière, sur ce parcours.

– C'est bien ce qui me chiffonne, fis-je. Le dénommé Jasper n'a jamais eu l'intention de courir. Alors, s'il s'intéressait tellement à l'argent, cela devait être pour un autre motif que celui que vous avancez, monsieur Rainey.

L'agent de sécurité reposa sa tasse et se pencha en avant en appuyant ses coudes sur la nappe en dentelle :

– Ah, je vois où tu veux en venir ! J'avoue que tu me surprends. Mais je te suis très reconnaissant de cette information. Je le croyais engagé dans la course.

– Qui vous a dit ça ?

– Le principal intéressé ! Dès que j'ai appris la disparition de l'argent, je me suis lancé sur la piste. Je tenais à l'interroger. À dire vrai, j'étais aussi tracassé que toi par son irruption sur l'estrade, d'autant qu'elle s'est produite alors que je montais la garde. La chose était plutôt embarrassante pour moi, conclut le vigile Rainey d'un air préoccupé.

Mme Mahoney lui tapota le bras :

– Allons, allons ! Arrêtez de vous culpabiliser. L'essentiel, c'est de récupérer l'argent et de mettre sous les verrous le misérable qui a commis le vol. C'est à ça qu'il faut songer.

– Merci de votre réconfort, fit-il. Mais je ne serai tranquille que lorsque j'aurai épinglé le coupable. Cet acte criminel a quand même eu lieu pendant que j'étais chargé de veiller sur le coffre ! Il n'y a qu'un moyen de rétablir ma réputation : remettre le voleur aux mains de la justice !

– Et Ralph Holman ? fit-je. La police de River Heights semble convaincue de sa culpabilité. Est-ce que vous savez quelles sont les charges portées contre lui ?

– Je connais Ralph depuis toujours, et je ne crois pas une seconde qu'il soit mêlé à cette affaire, de près ou de loin ! déclara Mme Mahoney. Oh, je n'ignore pas qu'il a eu récemment des soucis d'argent. Mais qui n'en a pas ? Quoi qu'il en soit, cela ne lui ressemble pas, d'avoir recours à des moyens illégaux pour réparer ses pertes financières ! Je suis prête à parier qu'ils ne parviendront pas à l'inculper. Cette arrestation est typique du chef McGinnis ! Comme d'habitude, il fait son numéro pour la galerie : il s'empresse d'arrêter le premier venu. Peu lui importe que ce soit le coupable ou non !

De nouveau, je m'adressai à M. Rainey, revenant à la charge au sujet de Short-Rouge :

– Vous dites que vous avez retrouvé Jasper. Est-ce qu'il habite River Heights ? Je ne me souviens pas de l'avoir déjà vu…

– Il paraît qu'il habite dans les environs, oui. Au sud de River Heights, je crois, je ne sais pas exactement à quel endroit. Je lui ai parlé alors qu'il traînait encore en ville.

– Et, après l'avoir interrogé, vous le considérez toujours comme un suspect ?

– Absolument. Tu n'as plus à te soucier de cette affaire, Nancy. Je mettrai la main sur lui, fais-moi confiance ! Et quand je l'aurai, lui, je retrouverai l'argent.

J'avais posé toutes les questions que je désirais poser. Je me levai alors en disant :

– Bonne chance, monsieur Rainey ! Madame Mahoney, je vous remercie beaucoup de votre amabilité. Je vous en prie, ne vous donnez pas la peine de me reconduire. Je connais le chemin !

– Merci d'être passée, Nancy ! C'est toujours un plaisir de te voir.

Alors que je traversais le jardin d'hiver, Mme Mahoney et son visiteur se mirent à conférer à voix basse au sujet de l'affaire…

Une fois dehors, j'enfourchai mon vélo et

m'éloignai de la résidence sans hâte. Des voix résonnaient dans mon esprit... Je me remémorai Luther, me suggérant d'orienter mon enquête vers la rivière ; les propos de Susie, affirmant que Jasper vivait en bordure de la Muskoka ; enfin, les déclarations de M. Rainey, persuadé que Short-Rouge habitait au sud de River Heights...

L'aéroport international le plus proche se trouvait dans la capitale de notre État, située sur les rives du fleuve. C'était un endroit où l'auteur d'un hold-up de plusieurs dizaines de milliers de dollars pouvait aisément brouiller sa piste et disparaître, voire quitter le pays...

Je n'étais qu'à trois pâtés de maisons de la Muskoka. En parvenant aux abords du fleuve, je tournai en direction du sud. Là, sur plusieurs kilomètres, la rive n'est qu'une succession de terrains à l'état sauvage, de chemins publics et de parcs. Peu de gens habitent dans ce secteur. Si Jasper vivait dans ces parages, je le trouverais ! J'étais prête à inspecter chaque maison et chaque cahute, s'il le fallait !

Je voulais aussi repérer les endroits discrets, susceptibles d'abriter une embarcation, et avoir l'œil sur les bateaux qui croiseraient cette nuit-là sur la rivière. J'avais emporté la photo de l'empreinte du pneu du VTT : si j'avais la chance de dénicher une trace identique sur la berge boueuse, je n'aurais plus qu'à suivre cette piste…

Il était temps que je téléphone à mon équipe ! Ned répondit dès la première sonnerie :

– Nancy ! Enfin, c'est toi ! Il était temps ! Qu'est-ce qui se passe ? Où es-tu ?

– Je roule vers le sud, le long de la rivière, lui dis-je. Et vous, jusqu'où êtes-vous parvenus ?

– On n'a pas réussi à atteindre Swain Lake, mais on n'a pratiquement pas perdu de terrain. On est à vingt minutes à peine de l'équipe de Deirdre. George a piraté leur système GPS, alors on sait où ils ont installé leur campement.

– Et le vôtre ?

– Il est au bord du fleuve, près de Rocky Edge.

– Justement, je vais dans cette direction. J'arriverai d'ici une heure.

– OK. Une fois sur place, rejoins-nous sans te faire remarquer. Deirdre et son équipe ne sont pas très loin. Autant éviter qu'ils te voient !

– Excellente idée !

Je raccrochai, heureuse à l'idée de voir sous peu Ned et mes amies et, surtout, de récupérer des vêtements de rechange et de me reposer !

À Rocky Edge, je cessai de pédaler et

descendis en roue libre jusqu'à la berge. George, Bess et Ned avaient allumé un feu de camp, et je fus toute ravigotée par la flambée. J'avais hâte de faire le bilan de mes investigations avec mon équipe !

On parla d'abord tous en même temps, tellement on était excités – mais en chuchotant : nos voix pouvaient porter jusqu'aux autres campements, dans le silence nocturne. Et nous savions que Deirdre ou l'un de ses équipiers étaient capables de venir nous espionner.

– Bess a été géniale ! me déclara George. Elle a drôlement damé le pion à Deirdre ! Je suis ravie d'attaquer la course la première, demain matin. Je vais pédaler à la vitesse de la lumière, crois-moi ! Thad Jensen sera largué dans le vide sidéral en moins de deux !

Décidément, George avait la pêche. C'était bon pour nous, ça !

– Alors, me lança Ned, qu'est-ce que tu as déniché, Nancy ? Dis-nous tout !

Je fis le récit de ma journée : ma conversation avec Luther ; ma rencontre embarrassante avec le chef McGinnis derrière la banque et l'arrestation de M. Holman ; le prélèvement de l'empreinte du VTT ; mon « goûter » avec Jasper chez Susie ; et, enfin, mon entretien avec le vigile Rainey chez Mme Mahoney.

– Bref, tu as flemmardé ! Comme d'hab' ! plaisanta George avec un grand sourire.

Je lui décochai une grimace :

– J'aime bien me la couler douce !

Bess observa :

– Il y a des chances pour que Jasper ait commis le vol, non ?

– Ça en a tout l'air, répondis-je. Pourtant, je m'interroge... Il ne se comportait pas du tout comme un type qui s'apprête à prendre la tangente ! Ça me chiffonne. Et puis, que vient faire M. Holman dans cette histoire ? Est-ce lui qui tire les ficelles ? Sont-ils complices ? J'ai l'impression d'avoir laissé passer un élément important... et pas moyen de savoir lequel !

– Tu ne veux vraiment pas qu'on t'aide à coffrer le grand méchant loup ? me demanda Ned. On pourrait t'être utiles, tu sais !

– Oui, mais l'enjeu de la course est trop important pour qu'on fasse l'impasse dessus ! J'ai la ferme intention de résoudre cette affaire, tu peux me croire. Il n'empêche que notre équipe doit remplir son contrat.

– Et faire mordre la poussière à Deirdre et sa bande ! enchérit George.

C'était bien d'elle, ça ! Toujours aussi âpre !

En revanche, Bess souligna :

– Si tu ne retrouves pas l'argent, Nancy,

c'est égal qu'on gagne ou qu'on perde ! Ça ne servirait à rien, de toute manière !

Je m'obstinai :

– Je te dis que je le trouverai ! Vous, occupez-vous de remporter le rallye !

« Il est urgent d'agir ! » pensai-je, dynamisée par une brusque poussée d'adrénaline. Je devais tenir parole…

Je me changeai, passant un short et un maillot propres, puis enfilant par-dessus un sweat-shirt à capuche et un pantalon de jogging. Ce n'était pas de trop : l'air nocturne était devenu glacial. Pendant ce temps, Bess bourra mes sacoches.

– Je t'ai mis un sandwich, une boisson protéinée et des barres énergétiques, m'annonça-t-elle.

– Merci, c'est sympa ! Tu es géniale d'avoir pensé aux survêts !

On topa à la victoire, mais en silence, pour ne pas alerter les oreilles ennemies. J'étreignis mes amies, embrassai Ned et me remis en route. Il était onze heures et demie.

Choisissant de rester à l'écart de la piste cyclable principale – celle que les concurrents du rallye emprunteraient le lendemain–, je m'engageai dans l'ancien sentier qui courait entre le chemin vicinal et la Muskoka.

Ce passage délaissé, envahi par la végétation et les mauvaises herbes, était le moins praticable. Cependant, le vélo de secours hybride que Bess m'avait confié me permettait de m'aventurer en terrain accidenté et, de toute façon, ça ne me faisait pas peur ! D'ailleurs, je pistais un type en VTT susceptible d'utiliser plutôt ce chemin que l'autre. Et puis, je ne voulais pas attirer l'attention : d'autres équipes du rallye campaient sur les berges. Les coureurs se demanderaient peut-être à qui appartenait la bicyclette dont ils voyaient les phares…

Lorsque je m'éloignai du feu de camp de mes amis, je fus surprise par l'intensité des ténèbres, contrastant avec le faisceau lumineux de mon vélo. Mais, peu à peu, mes yeux s'y accoutumèrent, et je roulai en scrutant la piste devant moi.

J'avais franchi près de six kilomètres quand j'aperçus soudain ce que je cherchais : les empreintes en zigzag bien visibles d'un VTT !

12. Prise au piège !

Je m'arrêtai, sortis de mon sac à dos la photo du pneu de Jasper et l'approchai du feu avant de ma bicyclette pour mieux la voir. L'empreinte correspondait point par point à celle que je venais de découvrir !

Un drôle de frisson me chatouilla le dos. Je me remis à rouler, suivant la piste du vélo de montagne. Les traces étaient inégales. Parfois, même, elles disparaissaient sur quelques mètres. Mais je ne tardais pas à les voir ressurgir dans le faisceau de mon phare. Le VTT de Jasper avait parcouru ce sentier, pas de doute ! Enfin… le VTT *du frère de Jasper*, plus exactement.

De nouveau, j'eus la chair de poule. Un instant… Jasper m'avait expliqué qu'il comptait utiliser le VTT ce week-end, mais que son frère l'avait repris…

– Mince ! laissai-je échapper – et je portai aussitôt la main à ma bouche en pensant : « Pourvu que personne ne m'ait entendue ! »

Je venais de réaliser une chose super importante !

Charlie nous avait raconté que le vigile Rainey l'avait appelé pour réparer sa pompe à eau juste après le départ du rallye. De son côté, Jasper m'avait dit que son frère avait eu besoin de récupérer le VTT *juste après* le lancement de la course, parce que sa voiture était tombée en panne.

Jasper ne m'avait pas précisé son nom de famille ; mais… s'il s'appelait Rainey, en fait ?

Je freinai et posai un pied à terre. J'avais besoin de réfléchir !

Je repassai dans mon esprit, le plus précisément possible, tous les éléments de ma conversation avec M. Rainey et Mme Mahoney.

M. Rainey m'avait d'abord affirmé qu'il ne s'était pas inquiété de l'irruption de Jasper sur l'estrade, l'ayant pris pour un concurrent trop enthousiaste. Était-ce pour cette raison qu'il avait souri à Jasper, au moment où il l'avait refoulé ? Lui avait-il adressé un sourire de politesse… ou d'affection, pareil à celui qu'on réserve à un frère ?

« Tu patauges, pensai-je. Que Jasper soit son frère ou non, ça ne t'avance à rien ! » Il y avait autre chose, qui m'échappait… « Réfléchis, bon sang ! »

Voyons… Que m'avait dit Rainey au sujet de sa conversation avec Jasper ? Ah oui ! Qu'il ignorait où ce dernier habitait, puis qu'il l'avait retrouvé et interrogé à River Heights même.

Minute, papillon ! Quand je lui avais affirmé que Jasper ne courait pas le rallye, il m'avait remerciée de l'information !

Voilà ce qui me tracassait inconsciemment depuis plus d'une heure ! Si Jasper était en ville dans l'après-midi, il en découlait logiquement qu'il ne participait pas à la compétition. M. Rainey *savait* donc parfaitement qu'il n'était pas dans la course. Autrement dit : il mentait !

Et, s'il mentait, de deux choses l'une : ou c'était en prétendant avoir pris Jasper pour un concurrent ; ou en affirmant lui avoir parlé dans l'après-midi. Dans un cas comme dans l'autre, Rainey n'était pas franc du collier, c'était le moins qu'on puisse dire ! Qui cherchait-il à protéger ? Lui-même ou son frère ? Était-ce lui ou Jasper qui avait commis le vol ? En tout cas, il me devait des explications !

Je me remis à rouler, suivant les traces du VTT dans la terre boueuse. Au bout de quelques kilomètres, elles quittèrent le vieux sentier pour grimper sur une colline escarpée, en direction d'un gros bouquet d'arbres et de buissons. Au sommet, je tombai sur une pancarte indiquant : « Voie sans issue ».

J'éteignis mes phares et menai mon vélo à l'écart du chemin, sous un épais mûrier. J'ouvris mon sac à dos pour alléger son contenu : j'ignorais combien de temps il me faudrait avancer en pleine nature, et je voulais que mon paquetage soit aussi léger que possible.

Je conservai mon téléphone mobile, un stylo et un calepin, un canif, des barres énergétiques, une torche électrique. Ensuite, je dissimulai mon vélo au cœur du buisson, avec mon casque et mes autres affaires. Ils y seraient à l'abri, et personne n'irait les dénicher !

Sans bruit, je descendis l'autre versant de la colline, en suivant toujours la piste du vélo de montagne. Il y avait tout juste assez de lune pour éclairer ma route. Les empreintes s'arrêtaient sur le bord de la rivière. J'aperçus alors devant moi une masse qui oscillait doucement sur les flots : un bateau de pêche décrépit venait buter contre l'extrémité d'un petit embarcadère.

Cachée derrière le tronc d'un arbre abattu, je scrutai les parages. Rien. Aucun son, en dehors du clapotis de l'eau et des légers chocs du bateau heurtant le quai. Pas âme qui vive. Je montai le guet quelques instants, histoire de rassembler mon courage et aussi de repérer une voie de secours. Puis je m'élançai en ligne droite vers le bateau.

J'avançai sur le ponton craquant en balayant l'embarcation du regard. Je distinguai des hublots, une cabine au milieu du pont. Je m'accroupis et jetai un coup d'œil à travers la vitre : personne à bord. À part moi, bien sûr !

Le bateau était en très mauvais état, et rien de ce que je voyais ne me permettait d'identifier son propriétaire. Je descendis les trois marches qui menaient à la cabine et entrai. Puis, tirant ma torche de mon sac à dos, j'éclairai l'habitacle.

Il y avait, contre une paroi, une couchette encastrée munie d'un vieux matelas. Une chaise d'aspect branlant et deux tabourets de bar composaient le reste du mobilier. Dans un angle du fond, le plan de travail et l'évier, encombrés par un réchaud, un éclateur à maïs et des assiettes – propres et sales. Juste à côté se trouvait un petit réduit plein de boîtes de conserve, dont le plancher était recouvert d'un filet de pêche qui puait le poisson. Dans l'angle opposé, une porte donnait dans une salle de bains minuscule.

La pièce principale était un vrai dépotoir : piles de journaux, emballages de nourriture, sachets vides… Où aurait-on pu cacher un énorme tas d'argent là-dedans ? Il n'y avait pas de placards. Je regardai sous l'évier : il y avait des trucs plutôt écœurants, mais pas d'argent. M'étais-je aventurée jusqu'ici pour rien ?

Refusant de rentrer bredouille, je revins vers la couchette le long du mur. Je préférais éviter de toucher au matelas, alors je donnai un léger coup de pied contre le montant du lit. Ça sonnait creux ! Me rapprochant du bout de la couchette, j'appuyai sur les coins. Le bord supérieur résista, mais celui du bas parut fléchir légèrement.

Vu qu'il n'y avait ni poignée ni point d'appui, j'introduisis tant bien que mal un doigt entre les deux et tirai. Le pan de bois transversal se releva, un peu comme un vasistas qui bascule sur ses gonds, révélant une cache. Elle contenait deux sacoches un peu plus grandes que les miennes, de celles qui s'adaptent à un vélo de montagne.

Je les retirai et les posai sur le sol. Elles étaient lourdes et volumineuses. Ainsi qu'on pouvait s'y attendre, lorsque je les ouvris je découvris des liasses de billets emballés avec soin !

Après un bref instant de réflexion, je me hâtai de transférer l'argent dans mon sac à dos. Puis je ramassai des journaux jonchant le sol et les fourrai dans les sacoches, lestant chacune d'une boîte de conserve. « Ça lui apprendra ! » pensai-je, ravie de retourner à Rainey ses propres méthodes.

Je flanquai les sacoches ainsi bourrées dans la cachette et remis la trappe à la place avec soin, de façon que tout reprenne exactement la même apparence qu'à mon arrivée.

Enfin, je me redressai, balançant sur mon épaule mon sac à dos plein d'argent. Je n'avais qu'une hâte : quitter le bateau ! Mon cœur battait si fort que j'avais l'impression qu'il allait éclater. Je n'entendais même plus le cognement de la coque contre le quai, tant mes tempes bourdonnaient. Cela couvrirait tous les autres bruits.

Enfin, *presque* tous…

Soudain, le cliquetis métallique d'un objet heurtant le pont résonna dehors. L'embarcation tangua fortement à droite, me contraignant à faire un écart pour conserver mon équilibre. On venait de hisser quelque chose sur le pont, et j'aurais parié qu'il s'agissait du VTT !

D’un bond, je gagnai le réduit. Au même moment, le bateau tangua de nouveau à droite, et j’entendis des pas. Il y avait quelqu’un à bord !

Je refermai la porte sur moi. À l’instant même où je me blottissais dans cet espace étroit, le grondement du moteur s’éleva dans la nuit.

13. Sonnettes d'alarme

La pénombre régnait dans le réduit ; la porte n'était qu'à quelques centimètres de mon visage. Je sentis que le bateau s'élançait, gagnait de la vitesse. Un rai de lumière tomba sur mon épaule gauche, m'amenant à lever les yeux, et je vis un orifice d'aération au sommet de la paroi. Le clair de lune filtrait au travers. Je déduisis d'après la trajectoire de la lumière que l'embarcation faisait route vers le sud.

J'étais presque sûre que le pilote du bateau était monté seul à bord. Cela me donnait la liberté de remuer un petit peu, de changer de position sans risquer de trahir ma présence. J'étais vraiment très à l'étroit !

J'avais deux sujets d'inquiétude. Un : que le pilote descende dans la cabine et vienne fouiller dans le réduit. Deux : qu'il veuille s'assurer que l'argent était toujours là. Dans un cas comme dans l'autre, je serais dans une sale situation !

Je dis *le* pilote, car je supposais qu'il s'agissait d'un homme, et que c'était Jasper ou Rainey. Comment réagir si j'étais découverte ?

Si j'avais affaire à Rainey, je pourrais jouer la comédie : faire semblant de croire qu'il traquait le voleur tout comme moi et le traiter en allié... Si je me retrouvais confrontée à Jasper, il faudrait que j'adopte une autre tactique ! Quoi qu'il en soit, je devais veiller à ce que mon indésirable compagnon de voyage ne s'approche pas de mon sac à dos. Il faudrait que je sois prête à détaler à toute vitesse à la première occasion... avec le butin !

Tout en réfléchissant à un mensonge plausible pour le cas où j'aurais affaire à Jasper, je m'affalai peu à peu sur le filet entassé sur le sol de la remise. J'avais très mal aux jambes. Je préférais encore m'asseoir sur cette toile puante que rester debout une minute de plus ! Ma fatigue me rattrapait d'un seul coup. Il y avait des heures que je me démenais... Je sortis une barre énergétique de mon sac et l'engloutis en quelques bouchées. Ensuite, j'avalai quelques gorgées de la boisson protéinée. Ah, ça faisait du bien !

Je commençais à m'assoupir malgré moi. Chaque fois que je me laissais gagner par le sommeil, je revoyais l'ancien chemin public et j'avais l'impression d'être encore en train de rouler, d'entendre le chuintement des pneus...

Bientôt, le bateau parut avoir atteint le milieu de la rivière et suivre le courant. Ce n'était qu'un vieux bateau de pêche, qui n'allait pas très vite. Je supposai que le pilote ne le poussait pas à pleine vitesse pour éviter de faire trop de bruit. Forcément, il tenait à rester discret !

L'embarcation oscillait de côté et d'autre en glissant sur l'eau, et je m'enfonçais de plus en plus dans l'amas de filets. J'eus beau essayer de garder les yeux ouverts, bientôt je ne parvins plus à soulever les paupières. Pour finir, je cessai d'entendre le grondement du moteur, de sentir l'odeur de poisson. Je m'abandonnai au bercement...

BAOUM !

Un bruit sonore se répercuta à travers le bateau, me tirant de mon brouillard. D'un bond, je me remis debout en secouant la tête. Un mince rayon de lune filtrait par le trou d'aération du réduit. J'en profitai pour consulter ma montre. Horreur, il était quatre heures !

Je ne m'étais pas contentée de piquer du nez. J'avais bel et bien dormi pendant une heure !

Mon cœur se remit à battre à grands coups désordonnés. Je tentai tant bien que mal de me ressaisir et de m'éclaircir les idées.

Soudain, des pas résonnèrent sur le pont. Ils s'approchèrent de la cabine, retentirent sur les trois marches qui menaient à la porte…

Figée, l'oreille aux aguets, je conservai une immobilité de statue. Il y eut un traînement de pieds, puis un craquement. Ensuite, ce fut le silence.

Pendant une quinzaine de minutes, je ne perçus aucun son. Ensuite, un bruit régulier et sonore s'éleva dans la cabine. Quelqu'un ronflait ! Je compris que le pilote s'était endormi sur la couchette, de l'autre côté de la paroi. Je n'avais pas prévu cette possibilité !

Après quelques instants de réflexion, je décidai de me risquer à quitter les lieux en mettant à profit le sommeil du pilote. J'avais peut-être une chance de me faufiler dehors sans être découverte… Si le pilote se réveillait et me surprenait, je m'en tiendrais à ma stratégie initiale : traiter Rainey en collègue, comme si nous traquions tous deux le même gibier. Mais, si je me retrouvais face à Jasper, j'en serais réduite à improviser...

« Bon, me dis-je. Il faut y aller ! »

Je tirai le verrou de la remise et entrebâillai à peine la porte. Les ronflements étaient si forts que je n'entendis même pas le déclic du loquet. À l'abri du battant, qui me dissimulait au dormeur, j'effectuai quelques mouvements : cela ne troubla pas son sommeil. Alors, j'osai m'avancer dans la cabine et vis à qui j'avais affaire : Rainey était allongé sur la couchette, toujours en uniforme ; il n'avait pas pris la peine de se dévêtir.

Je traversai la petite pièce sur la pointe des pieds en retenant mon souffle, consciente du fardeau révélateur qui pesait sur mes épaules.

J'ouvris tout doucement la porte, grimpai les trois marches et traversai le pont. Jusqu'ici, tout allait bien ! Je descendis du bateau avec précaution, en m'efforçant de ne pas le faire tanguer. Les ronflements n'avaient pas cessé lorsque je sautai à quai, puis gagnai la terre ferme. Bien qu'il n'y eût presque pas de lune, je distinguai au fond de la crique où le bateau était amarré une autre embarcation : un hors-bord, idéal pour une fuite rapide par la rivière ! Luther avait décidément vu juste...

Il fallait que je m'en aille d'ici au plus vite !

Je ne savais pas exactement où je me trouvais, mais j'estimais que deux bonnes heures de route me séparaient de l'endroit où j'avais caché mon vélo.

Je courus sans faire de bruit jusqu'au bout du quai, le cœur battant la chamade.

– Aaaaatchouum !

Un éternuement prolongé, tonitruant, venait d'éclater dans la nuit. Je vis jaillir de la lumière dans la cabine du bateau, et la silhouette de Rainey apparut derrière le hublot. Il venait de se mettre debout et s'étirait en bâillant. Puis il gagna le seuil.

Pendant un instant, je demeurai figée sur place, incapable de bouger ! C'était un peu comme dans un cauchemar : on voudrait courir, mais une puissance inconnue nous en empêche…

Balayant les environs du regard à la recherche d'une cachette, j'aperçus un cabanon à mi-pente de la colline. Soudain galvanisée, je courus jusque-là, faisant tressauter sur mes épaules mon sac à dos alourdi par l'argent. Me ruant dans l'abri de bois décrépit, je refermai la porte.

Par une fente entre les planches, je vis Rainey traverser le pont. Il avait emporté de quoi manger en quittant la cabine. S'étant perché sur une caisse, il commença à mastiquer.

Cette vue me rappela que j'avais une faim de loup. Ah, comme j'aurais aimé croquer un morceau du délicieux pain à la banane d'Hannah ! Mais ce n'était pas le moment de rêver à un bon repas. Je devais me concentrer sur ma situation.

De toute évidence, je ne pouvais me risquer à sortir du cabanon : Rainey m'apercevrait aussitôt. Alors, je demeurai debout, aux aguets, les sens en éveil, attentive à mon environnement. Il y avait une drôle d'odeur dans la cabane ! Une odeur de musc et de terre, mêlée à une autre senteur, que je n'arrivais pas à identifier…

De là où j'étais, j'entendais les pas de Rainey, qui avait fini de manger et arpentait le pont. Je le vis se rasseoir, puis se relever et recommencer à marcher. Il répéta ce manège à plusieurs reprises. Il ne tenait pas en place !

Tout à coup, je perçus un bruit curieux, comme si quelque chose remuait et bruissait derrière moi… Je tressaillis de la tête aux pieds. Je n'étais pas seule !

Il n'y avait pas la moindre lumière dans la cahute, car la lune était bas dans le ciel, à l'ouest ; et l'aurore n'était pas encore en train de poindre.

D'abord, j'eus peur d'allumer ma mini-torche – je craignais trop que Rainey voie le faisceau de lumière. Mais après avoir perçu de nouveaux bruits, semblables à des glissements ou des chuintements, je n'y tins plus. Il fallait que j'éclaire ! Il fallait que je sache quelle était la présence qui se manifestait derrière moi !

Je ramenai mon sac à dos devant moi pour atteindre la petite poche : mon mouvement suscita des bruits répétés. On eût dit que quelqu'un passait sur le sol un gigantesque balai... Je défis la fermeture à glissière de la poche. L'étrange remue-ménage s'accentua.

Tournant le dos à la porte de la cabane pour créer un écran entre Rainey et moi, j'allumai ma torche et braquai le faisceau vers le sol, à mes pieds.

Horreur ! J'étais face à des dizaines de serpents ! Des reptiles de toutes sortes et de toutes tailles rampaient et se tordaient sur le sol, fuyant la lumière. Je reculai et butai brutalement contre le battant en cherchant à mettre le plus de distance possible entre ces créatures terrifiantes et moi.

En un éclair, les propos de Jasper me revinrent. N'avait-il pas déclaré vouloir monter un commerce de serpents ? Susie l'en avait entendu parler, elle aussi...

Ceux que j'avais captés dans le faisceau de ma torche n'étaient pas venimeux. Mais je n'avais pas pour autant envie de partager mon abri avec ces immondes bêtes ! Ni en pleine nuit, ni en plein jour ! « Qu'y a-t-il de pire ? me demandai-je. Rester piégée dans le cabanon avec les reptiles, ou trahir ma présence à Rainey ? »

« Va-t'en ! criai-je à Rainey en mon for intérieur. Pars ! Fiche le camp au Brésil, n'importe où ! Mais va-t'en d'ici ! »

Je me retournai à demi, n'osant trop quitter les serpents des yeux.

J'ignore si ma supplique désespérée était dotée d'un quelconque pouvoir ; toujours est-il que Rainey descendit dans la cabine et ne tarda pas à en ressortir avec les sacoches. De toute évidence, il ne s'était pas aperçu qu'elles étaient bourrées de journaux.

– Allons, allons, dépêche-toi ! murmurai-je, n'y tenant plus.

Il fallait que je quitte cet endroit au plus vite !

Je balayai de nouveau le sol avec ma torche, amenant les reptiles à s'enrouler sur eux-mêmes, pour fuir la lumière. Puis je recommençai à observer Rainey, la main déjà posée sur la poignée de la porte.

Rainey éteignit dans la cabine, monta sur le pont et expédia à la volée les sacoches dans le hors-bord ; puis il suivit le même chemin…

Le grondement soudain du moteur du hors-bord ne suffit pas à couvrir les nouveaux bruits qui venaient de s'élever derrière moi : des crépitements secs et répétés. Ces sons n'étaient pas attribuables à une inoffensive couleuvre ni à un orvet ! Je les avais entendus une fois dans le désert de Californie, alors que j'étais sur une affaire… C'étaient les cliquetis d'un serpent à sonnettes !

Alors que le hors-bord s'élançait comme une fusée, je jaillis du cabanon, claquai la porte derrière moi et me mis à courir comme une dératée. Je longeai le quai à toute allure, puis sautai sur le vieux bateau. Génial ! La clef de contact pendait au tableau de bord ! Je fis démarrer et m'éloignai du ponton.

Au-dessus des arbres, les lueurs rosées de l'aube commençaient à poindre.

Je mis plus de temps à remonter la rivière qu'il n'en avait fallu à Rainey pour la descendre. Il est vrai que j'ignorais la localisation précise du ponton où j'étais montée à bord. En fait, ce goulet était si étroit et si bien dissimulé que je dus m'engager dans plusieurs anses avant de trouver la bonne…

Après avoir enfin jeté l'ancre, je quittai le bateau et remontai la colline jusqu'à l'endroit où j'avais caché mon vélo, toujours à l'abri dans le buisson de mûrier. Je me débarrassai de mon sac à dos et m'affalai au sol, m'allongeant sur l'herbe humide de rosée. Quelle sensation délicieuse ! Il y avait des heures que je n'avais pas pu m'étirer de tout mon long ! Je fis quelques flexions. Ensuite, j'avalai un ou deux fruits piochés dans une sacoche. Il me restait deux barres, que j'économisai pour la suite.

Je bus quelques gorgées de ma boisson protéinée. Il me sembla que je n'avais jamais rien pris d'aussi revigorant !

De nouveau pleine d'énergie, je me mis en devoir d'ôter l'argent de mon sac à dos pour le fourrer dans mes sacoches. Quand j'eus fini, mon regard tomba sur la pancarte « Voie sans issue » que j'avais repérée en arrivant sur les lieux. Je me mis à frissonner de nervosité. Se retrouver piégée avec des dizaines de serpents, ce n'est pas la joie ! Mais, lorsqu'on a affaire à un serpent à sonnettes, l'expression « sans issue » prend un sens véritablement sinistre !

Je me redressai et fis encore des étirements. Puis je consultai ma montre : il était un peu plus de huit heures. J'estimais me trouver à trois heures de route de River Heights, mais il me faudrait bien plus de temps pour rentrer en ville ! Si je ne manquais pas d'allant, en revanche, physiquement, j'étais épuisée !

Pourtant, j'étais résolue à rapporter l'argent de *Coureurs de fonds*...

Il était inutile de chercher à alerter mon équipe : je me trouvais en pleine campagne, hors de portée du réseau cellulaire. Je coiffai mon casque, enfourchai ma bicyclette et me mis à pédaler. Mon but était simple : restituer l'argent à la banque, et de préférence avant la fin du rallye !

Le soleil était maintenant levé, et j'avais terriblement chaud. Pour m'inciter à continuer, je pensai à Ned, à George et à Bess. Eux aussi pensaient à moi, j'en étais sûre. Ils m'accompagnaient de loin, même s'ils ne savaient pas ce que je devenais. Je n'oubliais pas non plus Mme Mahoney, M. Holman et les généreux supporters qui avaient misé sur nous pour soutenir une belle cause. Quant à papa et à Hannah, ils seraient si fiers que j'aie résolu l'affaire ! Sans parler de tous les gens en difficulté, qui avaient tant besoin d'aide... Pour eux surtout, je ne devais pas faillir !

De temps à autre, je m'arrêtais au bord d'un ruisseau pour me rafraîchir et me réhydrater un peu.

Et enfin – enfin ! – j'atteignis la route du parcours final du rallye, hors d'haleine. Je me ressaisis : je n'allais tout de même pas flancher à la dernière minute ! Déjà, j'abordais la lisière de la ville.

Un élan d'excitation me souleva lorsque je m'engageai dans Main Street. Devant moi, je voyais les gradins, envahis par les supporters. Mon père et Hannah se trouvaient au premier rang, juste devant la ligne d'arrivée. Quand je vis papa, mon week-end défila à toute vitesse dans mon esprit en une série de flashes-back, et je me sentis galvanisée. Dans un ultime effort, je parcourus les derniers mètres sous un tonnerre d'acclamations.

Souriant jusqu'aux oreilles, je levai les bras pour saluer la foule.

– Nan-cy ! Nan-cy ! scandèrent des voix familières.

C'était Mme Mahoney et M. Holman – libre ! – qui se précipitaient à ma rencontre.

« Comment savent-ils que j'ai l'argent ? me demandai-je. Pourquoi sont-ils si heureux et si excités ? Je ne leur ai encore rien dit ! »

C'est à ce moment-là que je remarquai le ruban qui s'était accroché à moi et flottait derrière mes épaules : je venais de franchir la ligne d'arrivée !

14. Qui perd gagne

– Ah non ! Pas Nancy Drew ! Pas question ! hurla quelqu'un dans mon dos.

Deirdre ! Elle précipita son vélo contre moi, et nos deux engins se heurtèrent de plein fouet. Nous dégringolâmes à terre en même temps que nos bicyclettes. Mais ma rivale eut tôt fait de se remettre debout. Elle marcha sur moi, rouge de fureur.

M. Holman la repoussa d'un geste énergique et m'aida à me relever. Une foule dense commençait à se rassembler autour de nous. Jouant des coudes pour se frayer un passage, Deirdre me cria :

– Tu ne t'en tireras pas comme ça ! Tu n'as pas

gagné ! Avec toute l'avance que j'avais sur toi, tu n'as pas pu me devancer, ce n'est pas possible ! Tu as forcément pris un raccourci, sale tricheuse !

Je redressai mon vélo, le délestai des sacoches pleines d'argent, que je tins fermement serrées contre moi.

– J'ai fait un crochet hors du parcours, c'est vrai. Mais ce n'était pas vraiment un *raccourci* ! répliquai-je.

– Il va falloir que tu t'expliques, Nancy, me dit M. Holman. Le contact par GPS avec ton équipe s'est interrompu voici deux heures.

Mme Mahoney, qui venait de nous rejoindre, intervint :

– Nancy est incapable de tricher ! Je suis sûre qu'elle a une excellente explication.

– Effectivement, madame Mahoney. Pourrais-je vous voir en privé avec M. Holman ? Voulez-vous demander au chef McGinnis de se joindre à nous ?

– Bien sûr ! Nous allons tenir une petite réunion dans la banque.

À cet instant, Bess accourut jusqu'à moi, talonnée par George et Ned.

– Nancy ! s'écria-t-elle. Où étais-tu passée ? On s'est fait du souci !

– Tout va bien, la rassurai-je. C'est à vous, plutôt, qu'il faut demander où vous étiez !

M. Holman vient de m'avertir que vous aviez disparu de l'écran GPS !

– Pose donc cette question à Deirdre, me souffla George. Je suis sûre qu'elle connaît la réponse ! Pas vrai, DeeDee ?

Deirdre rétorqua du tac au tac :

– Tout ce que je sais, c'est que c'est moi qui ai gagné, *Georgia*.

Un des jumeaux Jensen arriva à ce moment-là – je n'aurais pas su dire lequel, ils se ressemblaient comme deux gouttes d'eau !

Ned m'entraîna à l'écart.

– On a collectionné les problèmes, m'apprit-il. Bess s'est crashée avec ton vélo sur une portion gravillonnée du circuit, mystérieusement recouverte d'huile. Moi, j'ai perdu une pièce de mon pignon. George a eu un problème de direction que Bess n'a pas pu réparer ; c'est dire ! L'équipe de Deirdre est derrière tout ça, c'est sûr ! Mais, hélas ! on n'a pas de preuves, mis à part le fait que c'était la seule à camper près de la nôtre. On a préparé un rapport pour les juges du rallye.

– Je vais tenter quelque chose, lui murmurai-je.

Je sortis de ma poche le médaillon en laiton au signe des Gémeaux ; puis je m'approchai d'un air dégagé de l'endroit où se tenaient

George, Bess, Deirdre et l'un des frères Jensen.

– Qu'est-ce que tu veux encore? grogna Deirdre. Si tu t'imagines que tu vas nous déposséder de notre victoire légitime, tu te trompes lourdement!

– Du calme! J'ai juste une question à poser à ton copain, dis-je en montrant le médaillon à Jensen. Ce ne serait pas à toi, par hasard? Comme tu es Gémeaux et...

Il tendit le bras vers le médaillon, me coupant la parole:

– Où l'as-tu trouvé? Je l'ai cherché partout.

Ainsi, le médaillon lui appartenait!

– Bizarrement, répondis-je avec un sourire, je l'ai trouvé sous le siège avant de la voiture de Ned!

– Alors, il ne peut pas être à toi, Thad! intervint vivement Deirdre en foudroyant son équipier du regard.

Un peu surpris par sa réaction, Thad retira toutefois sa main en marmonnant:

– Euh... oui, tu as raison.

– J'ignore ce que tu mijotes, continua Deirdre en me toisant d'un air courroucé, mais tu n'arriveras pas à tes fins. Viens, Thad, on s'en va!

Ils tournèrent les talons de concert tandis que Bess me demandait:

– Et l'argent?

– Tout est OK, lui assurai-je avec un large sourire en tapotant mes sacoches.

– Tu l'as retrouvé ? hurla Ned. C'est inouï !

– Chuut ! fis-je à mes amis. Personne ne sait qu'il a disparu, à part nous !

Pendant notre échange, je n'avais pas quitté des yeux Thad et Deirdre. Elle l'avait entraîné dans le petit parc, sur le banc proche de l'abreuvoir à oiseaux, à l'endroit même où je m'étais entretenue avec Luther, la veille. Elle semblait d'une humeur de dogue, et j'aurais juré qu'elle était en train de passer un savon à Thad…

L'annonceur, qui commentait les péripéties du rallye dans le micro, demanda un peu de patience à la foule : on n'allait pas tarder à appeler l'équipe gagnante sur le podium.

Je remis les sacoches à Ned et dis à mes équipiers :

– Filez à la banque ! Prévenez Mme Mahoney et les autres que j'arrive.

Ils allèrent rejoindre le chef McGinnis, M. Holman et Mme Mahoney. De mon côté, je contournai la foule pour aller m'accroupir discrètement derrière un buisson du parc, à quelques mètres de l'endroit où Deirdre était assise avec Thad, dos tourné vers moi.

– Tu es dingue ou quoi ? criait-elle. Nancy a essayé de t'avoir ! Si je n'étais pas intervenue, tu serais tombé dans le piège !

– Non mais, dis donc, s'insurgea Thad, j'y tiens, moi, à ce médaillon ! C'est un cadeau spécial.

– Je m'en moque ! Le plan, c'était de leur réserver quelques coups fourrés : crever des chambres à air, verser de l'huile sur du gravier, fausser une direction… Et même les déstabiliser en trafiquant le vélo de Ned la veille de la course. Mais…

– C'est ce qu'on a fait ! la coupa Thad, tout fier de lui. En plein jour et au beau milieu du campus ! Un qui monte la garde, l'autre qui cisaille la chaîne.

– Arrête de hurler, espèce d'idiot ! Je vous l'ai déjà dit et je te le répète : sur ce coup-là, vous êtes allés trop loin ! C'était une erreur, de flanquer sa voiture dans le ruisseau !

– On n'a pas pu résister, lâcha Thad en baissant la voix. En revenant en ville, quand on a vu sa voiture sous le sycomore, ça a été plus fort que nous. D'ailleurs, on n'a pas poussé sa bagnole, je te signale. J'ai juste desserré le frein à main. Elle a dévalé dans le ruisseau *toute seule*.

Il se mit à rire.

– Ça n'a rien de drôle ! s'emporta Deirdre. Alors, je te conseille d'oublier ton médaillon et de te taire ! Et dis à ton frère et à Malcolm d'en faire autant !

Là-dessus, elle se leva et se dirigea vers l'arrivée. Elle passa si près du buisson où je m'étais dissimulée que je retins mon souffle, de peur de trahir ma présence. J'attendis que Thad lui ait emboîté le pas, puis je sortis de ma cachette et, de nouveau, je contournai la foule pour me rendre à la banque.

Mme Mahoney, le chef McGinnis, M. Holman et mes coéquipiers m'y attendaient. Je leur racontai par le menu tout ce qui s'était passé depuis que je m'étais lancée à la poursuite du voleur avant de leur remettre les sacoches pleines d'argent.

Mme Mahoney et M. Holman furent tout heureux de récupérer les dons des supporters. Il me serra vigoureusement la main, elle m'étreignit avec élan, et je fus félicitée, bien sûr. Mais je fus aussi mitraillée de questions !

– Je suis choquée que Rainey ait commis un tel acte, s'écria Mme Mahoney.

– Son rôle de vigile lui donnait accès au coffre, alors la tentation a été trop grande, fis-je observer. Il a dû échanger l'argent contre les journaux à un moment où personne ne pouvait le voir. Ensuite, sa voiture étant tombée en panne, il a récupéré le VTT qu'il avait prêté à son frère, et a fourré les liasses de billets dans les sacoches. C'était le camouflage idéal pour quitter la ville ! Un cycliste de plus ou de moins le jour du rallye… Qui y aurait prêté attention ?

Tout le monde rayonnait de joie. Seul McGinnis conservait une attitude contenue. J'eus juste droit à un signe de tête approbateur – accordé à contrecœur, de toute évidence ! J'avais intérêt à lui passer de la pommade si je ne voulais pas perdre un informateur précieux !

– Je me doute que vous interrogerez Jasper Rainey, chef, lui dis-je. Je ne crois pas qu'il soit impliqué dans le vol que son frère a commis. Mais je n'ai pas de conseils à vous donner ! Je suis sûre que vous saurez lui arracher la vérité. Vous n'avez pas votre pareil pour mener un interrogatoire.

Le chef acquiesça de nouveau en m'octroyant l'un de ses rares sourires.

– J'ai déjà questionné Jasper, m'apprit-il. Il a un alibi en béton.

« Bon, il est temps d'en venir au rallye ! pensai-je. Et aux efforts de Ned, de George et de Bess ! »

– Mes coéquipiers se sont donné beaucoup de mal pour me permettre de retrouver l'argent et le restituer à son propriétaire légitime : *Coureurs de fonds*, soulignai-je. Si j'ai réussi, c'est en grande partie grâce à eux ! Ils méritent une récompense !

– Je suis tout disposé à l'accorder, déclara M. Holman. Je désire vous désigner vainqueurs du rallye ! Quand les gens sauront ce qui s'est passé, ils seront aussi de mon avis !

– À une exception près : Deirdre Shannon ! grommela George. Elle…

– George, l'interrompis-je, je suggère que l'équipe ait une petite réunion.

J'emmenai à l'écart George, Bess et Ned, tandis que M. Holman et Mme Mahoney mettaient l'argent en sûreté. De son côté, le chef McGinnis téléphona à ses collègues de la capitale, pour qu'ils interceptent et arrêtent Rainey.

Dehors, les sprinters des quatre équipes concurrentes franchissaient les uns après les autres la ligne d'arrivée. Le moment décisif approchait : la proclamation de l'équipe gagnante.

– Il faut leur révéler ce qu'elle nous a fait, Nancy ! me lança Bess. On n'a pas gagné cette course, d'accord. Mais l'équipe de Deirdre non plus. Ce serait injuste ! Ils n'ont pas arrêté de nous mettre des bâtons dans les roues, c'est le cas de le dire ! Deux jours de sabotages et de tours de cochon, c'est tout de même un peu fort ! Je sais qu'on n'a pas de preuves…

– À ce propos, la coupai-je, j'ai des informations à vous communiquer.

Je rapportai à mes amis la conversation entre Deirdre et Thad, surprise dans le parc.

– Ah, tu vois ! J'avais raison ! s'écria George, écœurée. Nous ne pouvons pas accepter qu'on nous donne la victoire, là-dessus, je suis d'accord avec Bess. Ne serait-ce que parce que tu as déserté la compétition, Nancy. En revanche, l'équipe qui est arrivée tout de suite *après* celle de Deirdre mérite l'Enclume d'Or ! Voilà mon avis.

– On en a gros sur la patate, et il y a de quoi, convins-je. Mais quel est le but de ce rallye ?

– Réunir des fonds pour aider les gens démunis, répondit Bess.

– Exactement ! Et le père de Deirdre s'est engagé à ajouter mille dollars à la somme déjà réunie si sa fille l'emporte. Alors, soit Deirdre gagne, et ça fait mille dollars de plus pour la cause, soit...

– OK, OK, lança George, on a compris. Tu as raison ! Après tout, il s'agit d'avoir *le cœur sur la main* ! conclut-elle avec son sens habituel de la repartie.

Ned, Bess, George et moi allâmes faire part de notre décision à la présidente de *Coureurs de fonds*.

– Quel beau geste de votre part ! s'exclama Mme Mahoney. Merci à vous quatre. J'apprécie votre générosité.

– Oh, c'est tout naturel, dis-je, un peu gênée. Madame Mahoney, j'aimerais m'assurer d'une dernière chose…

– Je t'écoute, Nancy.

– J'ai remarqué que M. Holman est libre. Il n'y a plus de souci en ce qui le concerne ?

– Aucun ! Il a été entièrement innocenté ! s'exclama-t-elle avec un grand sourire.

Elle ajouta :

– Je me demande ce que nous serions devenus sans vous. Grâce à toi et à tes équipiers, Nancy, tout le monde gagne !

– Dans cette affaire, il n'y a qu'un perdant : Rainey, glissa Ned. Il est battu sur toute la ligne !

– Et il ne l'a pas… volé ! répliqua avec humour Mme Mahoney alors que nous ressortions tous ensemble dans Main Street, envahie par la foule en fête. Mon seul regret, c'est de ne pas voir la tête qu'il fera lorsqu'il ouvrira les sacoches et trouvera le tas de journaux !

Je rétorquai joyeusement :

– Oh, je ne vois pas de quoi il se plaindrait ! D'accord, c'est beaucoup de lecture ; mais il aura tout le temps d'en venir à bout, en prison !

Extrait

Et voici une autre aventure
de Nancy Drew
dans

VOL SANS EFFRACTION

Extrait

1. Le vandale frappe

Je m'appelle Nancy Drew et, d'après mes amis, je ne suis bonne qu'à provoquer les ennuis. Franchement, ça se discute. Moi, je dirais plutôt que ce sont les ennuis qui me trouvent ! On pourrait même croire que je les attire !

Tenez, la semaine dernière, par exemple...

Vendredi après-midi, en rentrant à la maison après avoir aidé à distribuer des repas aux sans-abri, je fus accueillie par un concert de hurlements.

– ... et si personne ne fait rien, ça ira mal, c'est moi qui vous le dis ! tonnait une voix furieuse que je ne reconnus pas.

« Attention, Nancy ! » pensai-je, déjà en alerte. J'ai une sorte de sixième sens pour tout ce qui est bizarre ou mystérieux, et il me titillait déjà ! L'homme qui avait lancé ces mots était violent, presque désespéré, même. Il ne s'agissait pas d'une visite ordinaire, surtout par ce jour d'été paisible et nonchalant !

Aussitôt, je me précipitai vers l'endroit d'où provenaient les cris : le bureau de mon père. Papa veille sur moi depuis que maman est morte, quand j'avais trois ans. Je le trouve génial, et je ne suis pas la seule à être de cet avis ! Demandez à n'importe quel habitant de River Heights, notre petite ville du Middle West, de désigner l'avocat le plus honnête et le plus respecté : il nommera toujours Carson Drew ! Le cabinet de papa se trouve dans le centre-ville, mais il reçoit parfois ses clients dans son agréable bureau lambrissé, au rez-de-chaussée de notre grande maison.

Je m'approchai de la porte sur la pointe des pieds, renvoyai mes longs cheveux en arrière pour dégager mon visage et collai une oreille contre le battant en chêne. Mes copines appellent ça « espionner ». Moi, j'appelle ça « se tenir informé ».

J'entendis papa qui disait avec calme :

– Voyons, gardons la tête froide. Nous finirons par en avoir le cœur net, j'en suis sûr.

– Je l'espère bien ! maugréa le visiteur. Sinon, j'entamerai des poursuites ! C'est une violation de mes droits de contribuable !

J'essayai de l'identifier, car sa voix commençait à me sembler familière. Mais, tout à coup, un bruit de pas se rapprocha du seuil. Je bondis en arrière, juste à temps pour ne pas partir la tête la première alors que la porte s'ouvrait.

– Nancy ! s'exclama papa.

Et il sortit dans le vestibule en fronçant les sourcils. De toute évidence, il était contrarié de me voir dans les parages ! Un homme corpulent et bien vêtu lui emboîta le pas. Il avait des cheveux gris ondulés, plutôt en bataille, et son front était baigné de sueur.

– Tu connais Bradley Geffington, notre voisin, me dit papa en le désignant.

– Oui, bien sûr ! m'écriai-je, reconnaissant aussitôt le visiteur.

Bradley Geffington habite à deux pâtés de maisons de chez nous ; de plus, il dirige la banque locale où papa et moi avons chacun notre compte courant.

– Euh... enfin, je sais qui il est, rectifiai-je. Enchantée de vous voir, monsieur Geffington.

Extrait

– Bonjour, Nancy, me répondit Bradley Geffington.

Il me serra la main d'un air distrait et préoccupé. Jetant un coup d'œil du côté de mon père, il lança :

– Je n'aurai de cesse de découvrir le fin mot de cette affaire, Carson ! Si Harold Safer est à l'origine des dégâts commis dans ma propriété, il me le paiera, je vous en donne ma parole !

J'eus un mouvement de surprise. Harold Safer est lui aussi un habitant de notre paisible quartier, situé en bordure d'une rivière ombragée d'arbres. C'est lui qui possède la crémerie du coin. S'il est un peu excentrique, il a bon naturel, et les gens l'aiment bien.

– Excusez-moi, monsieur Geffington, dis-je. Si je puis me permettre de vous poser la question… que vous a fait M. Safer ?

– Tu n'as pas à t'excuser, déclara Bradley Geffington en haussant les épaules. Je tiens à ce que tout le monde soit au courant ! Je veux que personne n'ait à subir la même catastrophe que moi ! Il a massacré mes courgettes !

Je ne m'attendais vraiment pas à une accusation de ce genre !

– Vos courgettes ? fis-je. Euh… comment ça ?

Extrait

– Oui, Bradley, si vous racontiez toute l'histoire à Nancy ? glissa papa. C'est elle, la détective amateur de la famille ! Elle pourra peut-être vous aider à éclaircir la situation. Nous verrons ensuite comment procéder à partir de là.

Papa était perplexe – mais il fallait le connaître aussi bien que moi pour s'en apercevoir. Il prend toujours ses affaires très au sérieux, car il sait que ses clients comptent sur son aide dans les mauvais moments. Après tant de célèbres affaires judiciaires, d'importants procès et de récapitulations primordiales devant les grands jurys, il devait être stupéfait qu'on veuille le charger d'entamer des poursuites pour une banale affaire de *courgettes* !

Bradley Geffington ne parut pas en avoir conscience, heureusement ! Il commença d'un air songeur :

– J'ai effectivement entendu dire que Nancy a un certain talent pour résoudre les mystères... Alors, pourquoi pas ? Voici les faits. Mardi après-midi, je possédais encore dans mon jardin un magnifique carré de courgettes. Cinq plants. Plus d'une douzaine de superbes légumes mûrs à point, bons pour la poêle à frire. J'avais presque l'impression de sentir sur ma langue le goût des beignets bien dorés...

Extrait

Il se pourlécha les lèvres en joignant les mains, puis secoua la tête d'un air désolé.

– Que s'est-il passé ? lui demandai-je.

– Eh bien, mercredi matin, je suis sorti arroser mon jardin avant d'aller au travail, comme d'habitude. Et, là, j'ai vu mes courgettes ! Enfin, ce qu'il en restait..., rectifia-t-il d'une voix navrée. On aurait dit qu'on les avait écrasées à coups de massue. Il y avait des lambeaux et des morceaux verts partout !

– C'est scandaleux ! m'exclamai-je.

Cela avait tout l'air d'un acte de vandalisme. Cependant, je ne voyais pas pour quelle raison on aurait pris la peine de massacrer des plants de courgettes !

– Qu'est-ce qui vous fait penser que M. Safer est le coupable ?

Bradley Geffington leva les yeux au ciel, puis déclara :

– Depuis le début de l'été, il n'a pas arrêté de se plaindre et de ronchonner. À ce qu'il paraît, mes échalas de tomates lui bouchent la vue et lui gâchent ses satanés couchers de soleil.

Je réprimai un sourire. En plus de l'étourdissante variété de fromages qu'il vend dans sa boutique, Harold Safer est connu en ville pour ses deux marottes : les comédies de Broadway et les couchers de soleil. Il part dans l'Est, à New York, deux fois par an et y passe une quinzaine de jours pour voir à Broadway tous les spectacles possibles. Il a aussi fait construire à l'arrière de sa maison une immense véranda avec vue sur la rivière, dans le seul but de contempler chaque soir le soleil couchant derrière les collines.

Harold Safer a aussi la réputation d'être bon et sensible. Il va même jusqu'à remettre dans l'herbe les vers de terre égarés sur le trottoir de sa maison, après la pluie. Je ne le voyais vraiment pas en train de massacrer quoi que ce soit, et surtout pas le jardin d'un voisin !

– OK, dis-je prudemment. Mais, si ce sont vos tomates qui le dérangent, pourquoi s'en serait-il pris à vos courgettes ?

– Je n'en sais rien ! s'écria Bradley Geffington. C'est toi, la détective ; à toi de trouver pourquoi. Tout ce que je sais, c'est que ma récolte de courgettes est fichue, et qu'il est le seul qui ait pu la détruire !

Il consulta sa montre et soupira :

– Il faut que j'y aille. Ma pause déjeuner est presque finie, et je voudrais passer à la jardinerie, pour voir s'il leur reste des plants de courgettes.

Extrait

Papa le raccompagna avec moi jusqu'au seuil. Puis, ayant refermé la porte derrière lui, il me demanda :

– Tu veux bien t'occuper de ça, Nancy ? C'est une affaire un peu idiote, je te l'accorde. Mais cela m'ennuierait que deux bons amis se fâchent pour une histoire aussi ridicule !

Sur ce point, papa avait raison. De plus, s'il y avait vraiment, dans le voisinage, quelqu'un qui se baladait avec une massue, prêt à écrabouiller va savoir quoi, il valait mieux découvrir qui c'était et ses raisons d'agir !

– Je ferai de mon mieux, promis-je. Bess et George vont arriver d'une minute à l'autre. On devait faire du shopping, mais elles seront ravies de mener une petite enquête à la place, j'en suis sûre !

Comme à point nommé, la sonnette d'entrée retentit, et je me dépêchai d'aller ouvrir. Mes deux meilleures amies apparurent dans l'encadrement.

Bess Marvin et George Fayne ont beau être cousines, elles ne se ressemblent pas du tout ! Chaque fois que je les vois, je n'en reviens pas. Bess est blonde et pulpeuse, et elle a des fossettes ravissantes. En fait, sa photo serait idéale pour illustrer le mot « féminine » dans un dictionnaire :

elle raffole des bijoux et sait mettre sa beauté en valeur; son armoire regorge de vêtements sympa et de tenues chic. George, c'est tout le contraire ! Elle a un physique anguleux, athlétique, des cheveux noirs coupés court. Elle se fiche des bijoux, et son vêtement préféré, c'est le jean. Gare à ceux qui l'appellent par son vrai prénom, Georgia. Elle a vite fait de les remettre à leur place !

Papa les salua toutes les deux, puis se retira dans son bureau. Bess et George me suivirent dans le séjour, tandis que je leur exposais rapidement l'affaire des courgettes écrabouillées.

– C'est une blague, ou quoi ? me lança George avec son franc-parler habituel. Ne me dis pas que tu es en manque de mystères au point de vouloir enquêter sur un truc pareil !

Quant à Bess, elle commenta avec un petit rire :

– Ne sois pas trop dure, George ! Cette pauvre Nancy n'a pas eu le moindre petit cambriolage ou kidnapping à se mettre sous la dent depuis... combien ?... au moins quinze jours ! On ne peut pas lui en vouloir !

– OK, ce n'est pas une vraie affaire, concédai-je en souriant. Mais j'aimerais quand même découvrir de quoi il retourne avant que M. Geffington et M. Safer se brouillent pour de bon. Vous imaginez la cata, s'ils se faisaient un procès pour une chose aussi idiote ?

– D'accord là-dessus, admit Bess.

– Vous allez m'aider, alors ? lançai-je.

Bess eut l'air déçu : elle adore faire du shopping ! Mais elle finit par sourire en affirmant d'un air décidé :

– Évidemment !

George hocha la tête, en ajoutant avec un sourire en coin :

– En plus, cette super enquête sur le Tueur de Légumes éloignera peut-être Nancy des *vrais* ennuis !

***

Quelques minutes plus tard, nous nous retrouvions confortablement assises dans l'élégant living de Mme Cornelius Mahoney, avec deux autres voisines, Mme Thompson et Mme Zucker. Mme Mahoney habite au bas de la rue de Bradley Geffington. Quand nous nous étions présentées chez elle, elle nous avait aimablement invitées à entrer, pour être à l'abri du soleil et prendre un thé avec ses invitées.

Elle déposa devant nous un plateau, et ses yeux noisette brillèrent de bonté sous sa frange grisonnante.

Extrait

– Voilà, les filles, nous dit-elle de sa voix frêle et aiguë. Un bon thé glacé pour vous désaltérer. Ne vous gênez pas pour piocher dans l'assiette de cookies, surtout.

George ne se le fit pas dire deux fois : elle tendit la main pour rafler une poignée de cookies dans l'énorme plat de biscuits maison disposé sur la table basse en acajou.

– Si c'est ça, le travail de détective, j'adore ! me chuchota-t-elle.

George peut dévorer autant qu'elle veut, elle ne prend jamais un gramme ! Elle garde sa silhouette élancée, au grand agacement de Bess.

Ellen Zucker, une séduisante et souriante trentenaire, s'adressa à moi en sucrant son thé.

– Alors, Nancy, ton père et Hannah vont bien ? Au fait, tu remercieras Hannah pour son excellente recette de... Ah, zut ! Excusez-moi une seconde !

Elle se leva et s'élança vers la fenêtre ouverte pour crier à son fils :

– Owen ! Tu peux jouer dehors à condition de rester à l'écart de la route, compris ?

À suivre dans *Vol sans effraction,*
Nancy Drew Détective n° 1

Nancy Drew
Détective

Impression réalisée sur CAMERON par

BRODARD & TAUPIN

GROUPE CPI

La Flèche

en mars 2006

Imprimé en France
N° d'impression : 34558